자유로운 영혼으로 혼자서 걸었습니다

자유로운 영혼으로 혼자서 걸었습니다

1판 1쇄 발행 2021년 4월 8일

지 은 이 김인식
펴 낸 이 신혜경
펴 낸 곳 마음의숲

대   표 권대웅
책임편집 전유진
편   집 채수회
디 자 인 임정현 박기연
마 케 팅 노근수 김은빈

출판등록 2006년 8월 1일(제2006-000159호)
주   소 서울시 마포구 와우산로30길 36 마음의숲빌딩(창전동 6-32)
전   화 (02) 322-3164~5 **팩스** (02) 322-3166
이 메 일 maumsup@naver.com
인스타그램 @maumsup
용지 (주)타라유통 **인쇄·제본** (주)에이치이피

ⓒ김인식, 2021
ISBN 979-11-6285-075-6 (03810)

침묵과 함께 33일을 걸으며 만난 산티아고 블루

자유로운 영혼으로
혼자서 걸었습니다

김인식 지음

마음의숲

프롤로그

　산티아고 순례길을 나서게 된 데는 몇 가지 계기가 있었다.

　첫 번째는 포르투갈 출장을 갔을 때 봤던 순례자들에 대한 인상이 깊이 남아 있어서다. 포르투갈에는 '4F'가 유명하다고 한다. 크리스티아누 호날두Cristiano Ronaldo를 배출한 축구Football, 가슴을 적시는 애조 띤 가사와 멜랑콜리한 음색이 특징인 대중 음악 파두Fado와 함께 값싸고 맛이 풍부한 생선Fish 요리가 유명하다.

　또 파티마Fátima 성당이 잘 알려져 있다. 시골 마을에서 양 치던 어린이 세 명에게 하얀 묵주를 목에 건, 태양보다 눈부신 여인이 현신했다. 그 후 오 개월 동안 그 여인은 매월 십삼 일 같은 시각에 발현했으며, 마지막 날에는 여인을 보기 위해 수만 명의 인파가 운집했다. 여인은 자신을 '매괴玫瑰의 성모 마리아'라고 밝히고 이곳에 성당을 세우라고 했다고 한다. 그렇게 처음 발현한 자리에 대성전이 세워졌고 그 앞에 수만 명이 모일 수 있는 광장이 함께 만들어졌다.

지금도 그곳을 찾는 순례자들의 발길이 그치지 않고 있다. 정문에서 시작해 광장을 가로질러 성전에 이르는 좁은 길을 묵주 기도를 하며 무릎으로 기어가는 그들의 모습이 뇌리에 깊이 박혔다.

두 번째는 10여 년 전 산티아고 순례길이 한국에 별로 알려져 있지 않았던 때 그 길을 다녀온 지인의 권유와 그가 보내준 책 때문이었다. 그는 자기가 걸은 길이 예사롭지 않았다며 시간 내서 꼭 한번 다녀오라고 적극 권유했다. 그가 보내준 책은 조이스 럽Joyce Rupp 수녀가 쓴《느긋하게 걸어라》(복있는사람, 2008)로, 저자가 영혼의 벗인 톰 페퍼Tom Pfeffer 목사와 함께 산티아고 순례길을 걸으면서 한

대화와 느낌을 담담하게 풀어놓은 책이었다. 걷다가 두 분이 다투기도 했다고 해서 피식 웃었는데, 책 말미에 순례를 마치고 돌아온 후 얼마 지나지 않아 목사님이 하늘나라로 떠나셨다는 부분을 읽고는 잠시 숙연해졌다.

파울로 코엘료Paulo Coelho가 쓴 《순례자》와 《연금술사》도 많은 영감을 주었다. 이 책들을 읽으면서 언젠가는 꼭 산티아고 순례길을 걸어 보겠다는 마음을 다졌었다.

3년 전에 갔던 존 뮤어 트레일John Muir Trail의 영향도 있었다. 요세미티Yosemite에서 출발해 미국 본토에서 제일 높은 휘트니산Mt. Whitney까지 길고 긴 길을 걸은 경험은 내 안에 숨어 있던 야성을 깨워주었고, 그 후로는 웬만한 두려움과 트라우마는 떨쳐 버릴 수 있게 되었다.

시에라네바다산맥을 종주하는 존 뮤어 트레일은 거대한 자연과 끊임없이 맞닥뜨려야 하는 엄청난 도전이었다.

이십칠 일간 험산 준령을 넘을 때마다 펼쳐지는 광대한 파노라마는 어떠한 필설로도 형언할 수 없는 장관이었지만, 생존이 걸린 여정이기도 했다. 거친 숨을 토해 내며 한 발자국씩 걸음을 내딛게 한 것은 지성도, 이성도 아니었다. 한구석에 처박아 놓았던 야성이었다. 그것을 느끼며 동시에 내 안의 영성에 대해서도 생각하게 되었다.

그래서 언제가 될지 모르지만 '영성의 길'이라고 하는 산티아고 순례길을 걸어 봐야겠다는 생각을 항상 가슴에 품고 언제 어떻게 갈까를 궁리하고 모색했었는데, 모든 일에는 때가 있기 마련인가 보다. 그 '때'가 생각지도 못한 시기에 예상치 못한 형태로 노도처럼 닥쳐 왔다. 갑작스럽기는 했지만 길을 나설 때는 바로 지금이라고 생각했다. 혼자 떠나는 것에 대한 두려움은 없었다.

그래, 지금 떠나자.

차 례

혼자서 가라

나는
자유로운
영혼이다

누군가가 그랬다.

생장피드포르^{St. Jean Pied de Port}서 산티아고까지의 800킬로미터 길을 걷는다는 것은 처음은 육체와의 싸움, 그 다음은 정신과의 싸움, 마지막은 영혼과의 싸움이다.

처음 이 말을 들었을 때는 과장된 수사라고 생각했다. 그러나 순례길을 완주한 지금은 이 말에 공감한다. 전혀 과장되지 않았으며, 산티아고 순례길을 가장 적확하게 표현한 말 중 하나다.

산티아고까지 가는 순례길 중 순례자들이 가장 많이 걷는 길은 나폴레옹이 스페인을 오갈 때 이용했다는 프랑스길^{Camino Frances}이다. 순례자의 60퍼센트 이상이 이 길을 택한다고 한다.

그런데 프랑스 길은 첫날부터 피레네산맥을 넘어야 한다. 생장피드포르(약칭 생장)에서 론세스바예스^{Roncessvalles}까지는 25킬로미터 남짓이지만, 경사를 감안하면 32킬로

미터에 달하는 거리이다. 무엇 하나 익숙하지 않은 상황에서 갑자기 큰 도전이 시작된다. 작은 돛단배가 넓은 대양에 나서자마자 거대한 파도와 맞부딪치는 격이다.

피레네산맥은 프랑스와 스페인의 국경이자 유럽과 이베리아반도를 갈라놓는 거대한 산맥이다. 산맥 너머의 스페인은 여타 유럽 국가들과는 사뭇 다른 요소를 많이 가지고 있다. "스페인은 유럽이 아니다"라고 나폴레옹이 말했을 정도다. 1492년 이사벨라 여왕이 이베리아반도의 마지막 무슬림 왕국인 그라나다를 점령할 때까지 무어인 Moors들은 수 세기 동안 이베리아반도에서 세계에서 가장 빛나는 문화를 꽃피웠다. 때문에 스페인 사람들의 혈관에는 유럽인과 아프리카인의 피가 함께 흐르고 있다.

첫걸음이 중요하다. 아기의 첫걸음마에 온 가족이 박수 치며 환호하는 것은 아기가 건강하게 인생을 완주하기를 바라서다. 산티아고 순례길에서의 첫걸음도 마찬가지였다. 끝까지 완주할 수 있을지, 도중에 어떤 어려움이 닥칠지 두려웠지만 한편으로는 설렜다.

꼭두새벽부터 순례자들이 부산하게 짐을 챙겨 피레네

산맥으로 향하고 있었다. 전날 생장에서 느꼈던 호기에 가까운 흥분과는 전혀 다른 분위기였다. 첫걸음을 내딛는 순간의 모습이 비장해 보이기까지 했다.

피레네산맥의 날씨는 변덕스럽기로 악명 높다. 전날까지도 일주일 내내 비바람에 진눈깨비까지 내렸다고 했다. 그런데 내가 피레네를 넘던 날은 이보다 더 좋을 수 없을 정도로 날씨가 청명했다. 쪽빛 하늘, 살며시 부는 산들바람. 가끔 뭉게구름이 햇빛을 가려주기도 해 발걸음이 가벼웠다.

피레네는 평화롭고 웅장한 자태를 한껏 드러내고 있었다. 확 트인 시야에 들어온 가깝고 먼 봉우리들이 내게 말을 걸었다.

"여보게, 친구. 여기가 피레네산맥일세. 잘 오셨네."

산봉우리들이 연이어 뻗어 있는 피레네산맥의 웅장함에 감탄함과 동시에 3년 전 존 뮤어 트레일을 종주했던 기억이 떠올랐다.

영어에 'Geezer'라는 단어가 있다. 괴짜 늙은이라는 뜻

이다. 여동창 두 명, 남동창 세 명으로 구성된 예순여섯 살 'Geezer'들이 가이드나 포터도 없이 이십칠 일 동안 무지막지하게 크고 무거운 배낭을 짊어지고 4,000미터 이상의 고봉들이 90여 개나 되는 시에라네바다산맥을 종주했다. 그리고 마침내 휘트니산 정상에 올랐다.

3년 전 존 뮤어 트레일을 걸을 때는 다섯 명이 함께였다. 3년 후, 나 혼자 이 길에 나섰다. 혼자 걷는 길이 허허롭지만 편하고 자유롭기도 하다. 그래, 나는 자유로운 영혼이다. 걷는 자의 자유로운 영혼으로 혼자서 가자.

소리에 놀라지 않는 사자와 같이
그물에 걸리지 않는 바람과 같이
흙탕물에 더럽히지 않는 연꽃과 같이
무소의 뿔처럼 혼자서 가라.[*]

[*] 불교 경전 《숫타니파타》 중

오감이 충만하다

그렇게
삶은
계속된다

생장에서 산티아고까지의 800킬로미터를 하루 40킬로미터씩 이십 일 이내에 걷는 사람이 있는가 하면 20킬로미터 정도씩 사십여 일에 걸쳐 걷는 사람도 있다. 보통은 33일 정도의 일정을 잡는다. 둘째 날에는 론세스바예스에서 수비리Zubiri까지 22킬로미터를 걷고, 셋째 날에는 팜플로나Pamplona까지 21킬로미터를 걷는 일정이다.

둘째 날 길은 피레네산맥을 넘으면서 혹독한 시련을 견뎌낸 순례자들에게 숨통을 터주는 코스인 듯했다. 중간에 몇 개의 오르막길이 있었지만 전반적으로 내리막이었다. 육체가 조금씩 길에 익숙해지고 있었다. 첫날밤에는 난민수용소처럼 느껴졌던 알베르게Albergue가 벌써 아무런 불평 없이 하룻밤 쉬고 갈 수 있는 소중한 쉼터가 되었다. 아르가강Rio Arga을 끼고 있는 중세풍의 마을들을 지날 때는 아름다운 경관을 즐기는 여유까지 생겼다.

헤드 랜턴을 밝히고 새벽길을 나서자 뿌연 어둠 속에 안개비가 서려 있었다. 안개비는 연한 보슬비가 됐다가 가랑비로 바뀌더니 어느새 굵은 장대비로 변했다. 오전

내내 우의를 걸치고 걸어야 했다. 온갖 비의 각각 다른 촉감을 얼굴 전체로 느꼈다. 비의 질감을 이렇게 섬세하게 느껴본 적이 있었던가.

　재능 봉사로 5년간 시각 장애인 하트 챔버 오케스트라 이사장을 맡은 적이 있다. 비록 자신들은 세상의 빛을 볼 수 없지만 세상 사람들에게 희망의 빛을 보여주겠다는 비전을 가진 시각 장애 연주자들이 빚어내는 선율은 남다른 감동을 준다.

　이들의 연주는 카네기홀에 두 차례나 초청되었을 정도로 기량이 높은 것으로 정평이 나 있다. 독특하게도 마지막 곡을 연주할 때는 공연장의 모든 불을 끄고 연주한다. 빛이 없는 세상을 관객들이 공감토록.

　어느 비 오는 날, 오케스트라 창설자이자 운영자, 음악 감독인 이상재 교수와 점심 식사를 겸해 만났다. 일곱 살 때 사고로 시각을 잃은 그는 마지막 빛이 사라질 때를 또렷이 기억하고 있다고 했다.

　식사가 끝난 후 택시 타는 곳까지 우산을 들고 바래다주면서 물어봤다. 비 오는 날에는 많이 불편하시겠다고.

그러자 그가 답했다.

"이사장님, 우산 쓴 시각 장애인을 보신 적 있으세요? 곁에서 받쳐주지 않는 한 우리는 우산을 쓰지 않아요. 얼굴로 느끼는 감각이 둔해지기 때문이지요."

안개비, 보슬비, 가랑비, 장대비를 골고루 맞아 보니 그가 말한 감각이 무엇인지 어렴풋이 알 것 같았다. 물론 거리와 물체까지 가늠하는 시각 장애인의 예민한 감각과는 엄청난 차이가 있지만 말이다.

빗속을 걷는데 걸리적대는 느낌이 없었다. 오히려 자유로웠다. 숲속 나뭇잎들이 장난을 걸어왔다. 빗방울을 야금야금 모아 두었다가 순례자가 살짝 스치기만 해도 여지없이 머리 위로 후두둑 쏟아부었다. 숲에서 바닷가의 비릿한 생선 냄새가 났다. 멀리 떨어진 마을의 교회 종소리가 은은하게 숲을 찾아 스며들었다.

평화롭다. 자유롭다. 행복하다. 오감이 충만했다.

몇 년 전에 본 〈퍼펙트 센스Perfect Sense〉라는 영화가 생각

났다. 괴질이 지구에 퍼지면서 사람들이 오감을 하나씩 잃어 가는 상황을 그린 영화이다. 사람들은 갑자기 슬픔과 우울감에 빠지더니 어느 한순간 후각을 잃어버리고 당황해서 어쩔 줄 모른다. 냄새와 추억이 서로 연결되어 있는 탓에 추억마저 잃고 말았기 때문이다. 익숙했던 일상이 갑자기 흔들려 혼란스럽지만 결국 사람들은 새로운 상황에 맞춰 나간다. 일상은 그렇게 계속된다. Life goes on.

이번에는 모두가 돌연 공포와 허기를 느낀다. 너나 할 것 없이 아귀가 되어 아무거나 먹어 치운다. 그러고 나서는 일순간에 미각을 잃어버린다. 일상생활은 다시 엉망이 된다. 그러나 사람들은 또 익숙해져 간다. 단맛, 신맛, 매운맛, 짠맛, 쓴맛 대신 부드럽고, 바삭대고, 딱딱하고, 차갑고, 뜨거운 느낌 그리고 음식의 색상 등으로 입맛을 바꾼다.

그렇게 일상에 적응하던 중, 갑자기 사람들의 마음속에서 분노와 증오가 끓어올라 폭력적으로 변한다. 청각도 함께 잃어 간다. 사람들은 패닉에 빠지고 교통사고를 포함한 각종 사고가 수없이 발생하지만 또다시 이에 적응하면서 삶을 이어 간다.

이런 믿을 수 없는 일들을 겪으며 세상 사람들은 어려운 상황에서도 삶이 지속될 것이라고 생각하는 사람들과 종말이 다가오고 있다고 생각하는 사람들, 두 부류로 나뉜다. 이 사태가 모두 바이러스에 의한 것임을 깨달은 바로 그때, 이제 시각마저 사라져 간다. 점점 시야가 흐릿해져 가는 가운데 젊은 연인이 달려가 서로를 껴안는다.

이제 아무것도 보이지 않는다. 아무 소리도 들리지 않는다. 화면은 깜깜하다. "그렇게, 삶은 계속된다Life goes on, like that"라는 자막이 뜨면서 영화는 끝난다.

영화의 제목이 암시하는 것은 무엇일까. 깜깜하고 먹먹한 세상에서도 삶이 계속되는 이유는 무엇일까. 알 것 같다. 사랑이다. 절망적인 상황에서도 서로를 찾아가 껴안게 만드는 사랑이야말로 '퍼펙트 센스'이다. 삶을 이어 가게 만드는 이유이다.

숲이 뿜어내는 오감에 감사하며 걸었다.

"부엔 카미노(좋은 길 되세요)."

한 순례자가 인사를 건네 왔다. 발걸음이 경쾌하고 힘차다. 함께 걸어도 되겠느냐고 물었더니 좋다고 했다. 이 길은 혼자 걸으면 혼자 걷는 대로 좋고, 호흡 맞는 사람과 걸으면 또 다른 에너지가 생겨 기분이 좋아진다.

샌프란시스코에 있는 컨설팅 회사에서 간부로 일하고 있다는 조앤Joanne은 업무차 한국에 몇 차례 방문한 적이 있어 한국에 대해 어느 정도 잘 알고 있었다. 한 시간 반가량을 함께 걸었다. 어디서 왔느냐, 왜 왔느냐, 혼자서 왔느냐, 며칠 동안 걸을 계획이느냐 등 으레 하는 질문과 답변을 주고받은 후 각자의 트레킹 경험을 풀어놓았다.

화제가 돌고 돌아 한반도 긴장 상태 이야기가 나왔을 때, 그가 트럼프 대통령에게 노골적인 반감을 드러내며 자기가 살고 있는 캘리포니아가 미국에서 독립해 캐나다에 귀속되면 좋겠다고 해서 크게 웃었다.

마을이 나타나 바르Bar에 들렀다. 젖은 우의를 벗고 그는 커피를, 나는 맥주를 마셨다. 비 맞으며 걸어가는 순례자들의 모습을 바라보는 여유가 좋았다. 그는 이십팔 일로 일정을 잡았기 때문에 삼십삼 일 일정인 나보다 걸어야 할 거리가 많다며 서둘러 일어났다. 짧은 조우였지만 기억에 남는 인연이었다.

팜플로나

푸엔테 막달레나
다리를 지나
팜플로나에

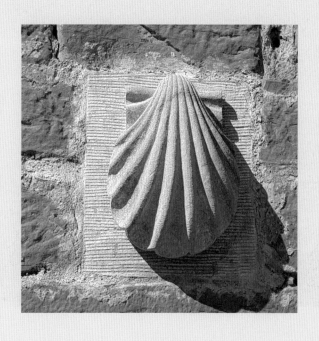

스페인을 정열의 나라로 담금질하는 것은 작열하는 한낮의 땡볕이다. 정오의 열기는 순례자도 달군다. 정말 대단하다. 이를 조금이라도 피하려고 다른 순례자들보다 서둘러 꼭두새벽에 알베르게를 나섰다.

아르가강 다리를 건너면서 조각달이 떠 있는 새벽하늘을 올려다봤다. 순간 온몸이 신비로운 정령에 휩싸이는 듯한 느낌을 강하게 받았다. 이승에서 삶을 다한 영혼들이 짙은 코발트블루 색 길을 따라 저승으로 떠나고 있는 것 같았다. 영혼들이 먼 길을 떠난다면 아마도 이런 새벽일 테니까.

이 깊은 빛깔을 어디선가 본 적이 있다. 강남 삼성 의료원 장례식장 앞에 하늘을 향해 비스듬히 세워진 조형물이 바로 이 색깔이었다.

엉뚱한 생각에 빠져서 그랬는지, 아니면 어두워서 그랬는지 갈랫길에서 그만 길을 잃고 말았다. 시커먼 광석을 쌓아 놓은 공장 안마당으로 들어섰다. 좀 이상하다는 느낌이 들었을 때 온 길을 다시 돌아갔어야만 했다. 〈꽃보다

할배〉의 이순재 선생처럼 마구 직진하는 습관이 있어 앞만 바라보고 마냥 걸었더니 어느 순간 앞에도 뒤에도 사람들의 모습이 전혀 보이지 않았다. 낭패스러웠다. 한참을 서서 귀를 기울여 들어 보니 멀리서 인기척이 느껴졌다. 순례자들이었다. 공장의 낮은 담을 넘어 그들과 합류했다.

그들을 따라서 걷다가 또다시 이상한 기분에 빠졌다. 언젠가 이 길을 걸어 본 적이 있었던 듯한 느낌. 혹시 데자뷔에 빠져 헤어나지 못하고 있는 것이 아닌가 하는 섬뜩한 생각이 들었다.

묘한 기분으로 한참을 걸었더니 또 갈랫길이 나왔다. 노랑 표지판이 서 있었다. 이정표. 이걸 놓쳤던 거였다. 그간 살아오면서 몇 차례 경험했던 기시감도 이런 것들이었나.

아르가강을 따라 이어진 중세풍 시골 마을들의 정경은 하나하나가 정겨운 그림엽서 같았다. 작은 교회당이 나오면 잠시 들러 보기도 하면서 평안한 마음으로 하루치 거리를 걸었다. 멀리 팜플로나 대성당과 성 니콜라스San

35

Nicolas 성당의 첨탑이 보이고 구시가지의 성채들도 눈에 띄었다.

아름다운 푸엔테 막달레나Puente de la Magdalena 다리를 지나 팜플로나에 들어섰다. 사나흘 동안 호젓한 산길과 숲길, 들판만 걷다 만난 첫 대도시였다. 반가움보다는 분주한 교통과 소음 때문에 정신이 산만해지는 느낌이 먼저 들었다.

대형 성당과 현대식 빌딩 들이 솟아 있는 팜플로나는 중세 나바라Navarra 왕국의 수도였다. 현재는 대학도시로 명성이 높다고 한다.

예약한 헤밍웨이 호스텔을 찾아가기 위해 손에 지도를 들고 횡단보도를 몇 개씩이나 건너야 했다. 행인들에게 몇 차례 길을 물어보기도 했다.

드디어 찾은 헤밍웨이 호스텔은 방 하나를 다섯 명이 함께 사용하는 기숙사 형태였다. 어쩐지 숙박료가 쌌다. 하루에 19유로. 해외 출장을 수없이 많이 다녔지만 이런 호텔에서 묵는 것은 처음이었다.

대충 씻은 후 시내 구경에 나섰다. 팜플로나는 미국 출신 작가 어니스트 헤밍웨이Ernest Hemingway의 도시 같았다. 헤밍웨이의 조각상과 조형물 들이 거리 곳곳에 있었다.

헤밍웨이는 젊은 시절 이 도시에 머물면서 그의 첫 장편 소설 《태양은 다시 떠오른다》를 썼다. 시대를 앞서가는 자유분방한 여인을 둘러싼 남자들의 우정과 질투 그리고 격렬한 투우를 치열하게 묘사한 이 소설 덕분에 팜플로나는 세계적으로 유명해졌다.

　헤밍웨이는 산페르민San Fermin 축제 또한 생생하게 묘사했다. 산페르민 축제는 이 지역 출신으로 순교한 페르민 성인을 기리는 축제로 매년 7월 6일부터 14일까지 일주일 동안 열리며, 광적인 열기로 유명하다.

　매년 100만 명 이상의 인파가 몰려드는 이 축제의 하이라이트는 황소들이 사람들과 어우러져 거리를 내달리는 엔시에로Encierro 행사이다. 구시가지의 좁은 골목길을 수백 명의 사람들이 달려나가면 투우장의 육중한 황소들이 그 뒤를 질주하며 쫓아간다. 후미에 처진 사람은 황소 뿔에 치받혀서 공중에 나가떨어진다. 때로는 달리던 사람 중 한 사람이 넘어지면 뒤에 오던 사람들이 우르르 걸려 넘어지기도 한다. 황소들은 그 위를 덮치며 달려간다. 때문에 치명적인 부상은 물론이고 매년 서너 명씩 사망자가 발생한다. 재밌자고 하기에는 너무 무모하다.

그러나 이 행사의 광기는 전혀 사그라들 기미가 없다. 누군가는 이를 두고 인간의 재미 때문에 투우장에서 죽어야만 하는 황소들이 인간에게 복수할 수 있는 마지막 기회라고 말하기도 한다. 과연 그러할까. 그저 심심한 것을 견디지 못하는 인간들의 치기가 아닐까.

구시가지 골목은 시민과 관광객 들로 붐비고 활기가 넘쳤다. 한국을 떠나오기 전부터 작정했던 것이 하나 있었다. 불세출의 바이올리니스트이자 작곡가인 사라사테^Pablo de Sarasate의 생가를 찾아보는 것이다.

길이 방사선형으로 펼쳐져 있어 한참을 헤맨 끝에 마침내 사라사테 기념관을 찾았다. 그런데 가는 날이 장날이라고 보수 공사를 한다는 고지가 문에 걸려 있었다. 맥이 풀렸다.

수년 전 노르웨이 중서부 도시 베르겐에 출장 갔을 때 어렵게 짬을 내서 작곡가 그리그^Edvard Grieg의 생가에 들렀었다. 바닷가 언덕 위 이층집 창문을 통해 파도가 찰랑대는 바다가 내려다보였다. 그후로 〈솔베이지의 노래^Solveig's song〉를 들을 때마다 창가에서 보던 풍경이 떠올랐다.

사라사테의 생가도 꼭 둘러보고 싶었는데 유감천만이었다. 사라사테는 아주 어릴 때부터 천재 음악가로 인정받았고, 수많은 여성에게 구애받았지만 평생을 독신으로 살았다. 관대하고 겸손해 팜플로나 시민들로부터 대단한 존경을 받았던 그는 모든 재산을 팜플로나에 기증했고 그 유산을 토대로 팜플로나 음악 학교가 세워졌다고 한다[*].

그가 살던 곳에서 그의 향취를 맡으며 황소 떼와 젊은 이들이 질주해 오는 골목길을 내려다보고 싶었는데. 섭섭했지만 마음을 접을 수밖에 없었다.

사춘기 시절 라디오를 통해 〈솔베이지의 노래〉와 〈치고이너바이젠Zigeunerweisen〉을 처음 들었을 때 나도 모르게 가슴이 시리고 눈가가 젖어 왔었다. 나이가 든 지금도 그때의 음악을 들으면 어릴 적과 똑같은 기분이 든다. 왜일까.

[*] 박흥서, 《성채의.나라 스페인》(유페이퍼, 2014)

용서의 언덕

그저
한 발자국
또 한 발자국

법석을 떨지도, 서두르지도 않았다. 오랜만에 침대 속에서 뜸을 들이며 느긋하게 일어났다. 지난 며칠간 피로와 긴장에 절었던 몸이 한결 가뿐해졌다. 삼사십 명이 함께 자야 하는 알베르게에 비하면 다섯 명이 공동으로 사용하는 호스텔이 확실히 편했다.

늑장을 부린 이유가 또 하나 있는데, 번잡한 시가지를 걷고 싶지 않았기 때문이다. 호스텔 직원에게 택시를 불러 달라고 부탁했다. 택시는 팜플로나 도심을 가로질러 순례길로 연결되는 시수르메노르^{Cizur Menor}까지 약 5킬로미터를 단숨에 달려갔다.

택시에서 내려 순례자 무리 속에 슬쩍 끼어들었다. 기분이 묘했다. 누구에게 피해를 준 것이 아닌데도 죄책감과 묘한 쾌감을 동시에 느꼈다.

덩치가 커다란 독일 신부님이 검은 사제복을 입고 수녀님을 비롯한 한 무리의 순례자들과 함께 걸어오고 있었다.

"구텐 모르겐^{Guten morgen}."

아침 인사를 했더니 큰 손으로 악수를 건네 왔다. 혹시 내가 택시에서 내린 것을 보셨나 하는 생각이 들었다. 학교에서 시험 볼 때 감독하는 선생님과 눈이 마주치면 괜히 움찔했던 그런 느낌이었다.

추수가 끝난 한가로운 밀밭 사이로 순례길이 길게 이어져 있었다. 오늘은 팜플로나에서 푸엔테 라 레이나Puente la Reina까지 23.8킬로미터를 걸을 예정이다. 중간에는 알토 델 페르돈Alto del Perdón, 즉 용서의 언덕이라는 제법 높은 고갯마루를 넘어야 했다. 우리나라 대관령이나 한계령, 박달재 같은 험난한 고갯길이란다.

정상 능선에는 풍력 발전용 바람개비들이 도열하듯 세워져 있었다. 한발 한발 내디딜 때마다 까마득하게만 보였던 바람개비들이 한발 한발 다가왔다. 성냥개비처럼 작게 보였던 바람개비 기둥들이 가까이 갈수록 제우스 신전의 기둥처럼 우람한 자태를 드러냈다. 그저 한 발자국, 또 한 발자국씩 걸음을 옮겼을 뿐인데 산이 다가오고 마을이 다가오는 것을 보면 사람의 발걸음은 참 대단하다는 생각이 들었다.

나는 걸을 때 대개 아무 생각 없이 걷는다. 주변 경관과 마을의 모습도 무심히 바라본다. 그런데 오늘은 달랐다. 머릿속이 온통 용서의 언덕 생각뿐이다. 왜 용서의 언덕일까. 인간이 하는 일 중 가장 어려운 것이 용서인데 말이다. 사랑이나 희망 같은 많고 많은 개념어를 놔두고 하필이면 왜 용서라는 단어를 붙였을까. 세찬 바람이 몰아치는 고갯마루를 넘어가는 사람들에게 어떤 암시를 주기 위함인가.

용서란 무엇인가. "그놈은 결코 용서 못해"와 같은 경우는 개인 간의 관계에서 일어나는 충돌이다. "네놈들이 우리 동족에게 한 짓을 결코 잊을 수도, 용서할 수도 없어"는 종족이나 국가 등 집단 간의 충돌에서 발생하는 문제이다. "신이시여, 우리의 죄를 용서하소서"와 같은 경우는 신과 인간의 관계에서 비롯된, 구원에 관한 문제일 것이다.

좀 다르지만 이런 경우도 있다. 나 자신을 용서할 수 없다며 자기 자신을 미워하고 자학하면서 자책과 원망 속에 고립시킨다. 이 경우는 개인의 자아 문제일 것이다.

고등학교 한문 시간에 '불구대천지원수不俱戴天之怨讐'란 말을 배웠다. 하늘을 함께 이지 못할 원수, 다시 말해 같은 하늘 아래에서 한순간도 함께 살 수 없는 원수를 뜻한다고 했다. 부모나 가족을 해한 자는 결코 용서할 수 없다는 말이라고 배웠다. 누군가를 용서할 수 없다는 말은 결국 상대를 응징해야 끝나는 것이 아닐까.

2002년에 민관 조사단이 발칸반도를 방문했다. 보스니아 등이 있는 이 지역은 1992년부터 1995년까지 혹독한 내전을 겪었다. 인종 갈등에 종교 갈등까지 겹쳐 상황이 복잡하게 엮여 있었다. 원래도 주변 열강들의 지정학적 이해관계가 충돌하는 민감한 곳이었는데 말이다.

내전은 심각했다. 20만 명 이상의 주민이 죽고 100만 명 이상의 난민이 발생했으며 엄청난 수의 여성들이 강간을 당하는 등 참혹한 일들이 끊임없이 벌어졌다. 일부 지역에서는 인종 청소가 단행되기도 했다. 한 마을에서 오순도순 함께 지내던 사람들끼리의 살육이었던 탓에 후유증은 더 심각했다.

질서 유지를 위해 UN 평화군이 파견되자 어쩔 수 없이 서로를 용인하긴 했지만, 분노는 사그라들지 않았다. 그야말로 '용서는 하겠지만 결코 잊지는 않겠다We can forgive, but never forget'는 태도였다.

복수나 보복 대신 용서와 화해의 길을 택한 넬슨 만델라Nelson Mandela의 결단은 무엇이었을까. 그는 27년간이나 비인간적인 감금 생활을 겪었는데도 개인적인 원한을 접었다. 흑인들에게 무자비하게 아파르트헤이트Apartheid를 자행한 백인들을 처단하지도 않았다. 백인들의 진정한 참회가 있었던 것도 아니었다.

만델라의 용서는 과연 인간적인 용서였나. 아닌 것 같다. 예수님이 십자가에 매달린 고통 속에서 "저들은 지금 무슨 짓을 하고 있는지 알지 못하니 저들을 용서하소서."라 말하며 하나님에게 용서를 구했던 종교적인 용서와도 달랐다. 만델라의 용서는 보복이 또 다른 보복을 불러오는 불행을 막기 위한 정치적인 결단이었다. 미래를 위한 용서였다. 그래서 그의 용기와 포용은 위대하다.

나 자신을 용서할 수 없다고 자책하는 이에게도 그 일이 불가항력적이었거나 되돌릴 수 없는 것이라면, 누군가가 그건 당신 잘못이 아니라고 말해주면 좋겠다. 아니, 스스로에게 그렇게 말하면 어떨까. 가장 먼저 용서해야 할 건 자기 자신이지 않을까. 우리에게는 자신을 다독이고

포용하는 용기가 필요하다.

평소 나는 성당에서 신부님에게 고해 성사를 하고 그 자리에서 용서받는 것을 상당히 부정적으로 생각했는데, 이번 기회에 생각을 바꾸기로 했다. 마음속 이야기를 털어놓으며 자신의 잘못을 솔직히 시인하고 진정으로 용서를 구한다는 커다란 용기를 내는 것이니 말이다.

그런 점에서 교황 요한 바오로 2세가 새로운 밀레니엄이 시작되기 전 수 세기에 걸친 가톨릭의 잘못을 사과한 것은 대단한 용단이었다. 교황은 십자군 전쟁 때의 무자비한 무슬림 학살과 약탈, 지동설을 주장한 갈릴레오에 대한 재판, 아프리카 노예 무역 및 유대인 홀로코스트에 대한 방관 및 침묵 등에 대해서 사과했다. 심지어 여성 인권에 대한 가톨릭 교회의 불공정에 대해서도 진심 어린 사과를 했다.

멀고도 가까운 이웃인 일본은 왜 이런 사과를 하지 못하는지. 전쟁을 일으켜 이웃 나라들에게 엄청난 피해와 상처를 주었는데도 마치 자기들이 제2차 세계 대전의 피해자인 양 행동하고 있는 것을 보면 화가 치민다. 일본이 원자 폭탄의 최초 피해자임은 맞다. 그러나 자기들이 전쟁을 일으킨 가해자라는 사실을 잊고 있는 것 같다. 일본 군국주의의 상징이었던 천황이 지금이라도 주변국에게 머리 숙여 사과하면 어떨까. 교황이 그랬듯이.

용서에 대한 상념의 실타래는 끝이 없었다. 나는 다른 사람을 용서했는가. 아니 그보다 먼저, 나는 내 잘못에 대해 제대로 사과하고 용서를 빌었는가. 생각이 꼬리에 꼬리를 물었다. 묵직한 십자가를 메고 용서의 언덕으로 향하는 비탈길을 올라가는 기분이었다.

자기 십자가는 누가 대신 짊어질 수 없다. 자기 자신이 묵묵히 짊어지고 가야 하는 것이 우리 인생이다. 용서의 언덕을 향해 한발 한발 내디디면서 마음속으로 주기도문을 외웠다.

우리가 우리에게 죄지은 자를 사하여준 것같이
우리의 죄를 사하여주시옵소서.

다시 행운이었다. 피레네산맥을 넘을 때와 마찬가지로 축복받았다는 것을 실감했다. 용서의 언덕은 마치 대관령

정상처럼 몰아치는 칼바람 때문에 제대로 서 있기조차 힘든 것으로 악명이 높은데, 웬일인지 미풍이 살랑살랑 불어오는 화창한 날씨였다.

맑은 날씨 덕분에 원근 정경이 파노라마처럼 펼쳐져 있었다. 한쪽으로는 지금까지 걸어온 길이 내려다보이고, 다른 쪽에는 앞으로 걸어가야 할 길이 뻗어 있었다. 고갯마루에는 비바람을 헤치며 걸어가는 중세 순례자들의 모습을 형상화한 조형물이 있었다. 앞장서서 걸어가는 순례자, 당나귀를 타고 가는 순례자, 노새에 짐을 싣고 걷는 순례자 등 모습이 다양했다. 모진 바람을 버티기 위해 모두 머리를 앞으로 깊이 숙이고 걷고 있었다. 이 모습은 순례자, 아니 인생길 나그네의 숙명일지도 모르겠다.

순례자의 기도

어둠 속에
저희의 빛이
되어주시고

독일 베를린에서 근무할 때 바그너Richard Wagner의 오페라 〈탄호이저〉를 관람한 적이 있다. 오페라 전문 극장인 도이치 오퍼Deutch Oper에서 공연 시작 직전에 싼 가격으로 파는 라스트 미닛 티켓을 구입해서 봤다. 바그너의 음악은 제3제국을 꿈꾸던 히틀러가 좋아해서 나치 행사에서 많이 연주됐다고 한다.

관능적인 사랑이야말로 진정한 사랑이라고 주장하며 쾌락의 여신 베누스Venus를 찬양하던 탄호이저는 결국 징벌을 받게 되어 속죄를 위해 순례를 떠난다. 〈순례자의 합창〉이 울려 퍼지는 가운데 순례를 마친 사람들이 고향으로 속속 돌아오는데, 죄를 용서받지 못한 탄호이저는 끝내 돌아오지 못한다. 탄호이저를 애타게 기다리며 기도하던 에리자베트는 성모 마리아 상 앞에서 숨을 거두고, 그때서야 누더기를 걸친 지친 모습의 탄호이저가 커다란 십자가를 끌면서 고향에 돌아온다. 헐벗고 지친 탄호이저가 십자가를 짊어지고 쓰러질 듯 무대를 천천히 가로질러 가는 장면에서 나는 전율을 느꼈다.

순례는 왜 하는 것일까. 종교에서 반드시 지켜야 할 계명일수도 있다. 고행을 통해 절대신에게 다가가려는 간절한 기원이기도 하다. 절망적인 상황에 빠진 사람에게는 구원을 향한 몸부림일 것이고 불치병으로 고향을 등져야 하는 사람에게는 그가 나설 수 있는 마지막 길이기도 하다.

예나 지금이나 어떤 경우든 순례는 고행이다. 집 떠난 순례자를 노리는 위험이 도처에 산재해 있는 탓에 중세 시대 영주들은 이에 대한 대책을 세웠다. 그 유명한 템플 기사단도 원래는 순례자의 안전을 지키기 위해 발족된 것이었다.

전통적으로 순례길 지역의 주민들은 음식이나 잠자리를 제공하는 등 외지에서 온 순례자에게 우호적이었다. 이런 전통에 힘입어 오늘날에도 순례자에 대한 마을 주민들의 배려는 상당히 따뜻하다. 에스테야Estella 마을에는 순례자에게 생명수를 나눠주는 샘터가 있다. 보데가스 이라체Bodegas Irache라는 포도주 양조장이 그곳이다. 이곳은 론세스바예스에서부터 100킬로미터를 걸어온 순례자들을 위로하기 위해서 무료로 물과 포도주를 제공한다.

양조장 벽에는 젖꼭지처럼 두 개의 수도꼭지가 나란히

붙어 있다. 오른쪽 꼭지를 틀면 시원한 물이 콸콸 나오고 왼쪽 꼭지를 틀면 적포도주가 콸콸 나온다. 순례자들은 너나 할 것 없이 그 자리에서 물이든 포도주든 한 잔씩 마신다. 그리고 물병에 물과 포도주를 담아 간다. 나도 물병에 적포도주를 꽉 채워 담았다. 이렇게 고마울 수가 있나. 덕분에 오전 내내 적포도주로 입안을 적시면서 걸었다.

로스 아르코스Los Arcos에 도착해서 카사 데 아우스트리아 Casa de Austria라는 독일계 알베르게에 들어갔다. 오스트리아 사람이 운영하는 듯했다. 산티아고 순례길을 걷는 순례자 중에는 독일인이 많다. 순례자들의 출신국 순위를 매긴다면 2~3위를 차지할 것이다. 그래서인지 독일인 순례자들을 위한 알베르게가 순례길 도처에 있다.

독일계 알베르게라고 해서 특별히 다른 것은 없었지만 목구멍 깊은 곳에서 나오는 독일어의 탁한 '트트' '크크' '흐흐' 발음이 사방에서 들렸다. 한국에 나와 있는 독일인에게 한국 사람들이 말하는 소리는 어떻게 들리느냐고 물어본 적이 있다. 그랬더니 웃으면서 '까까까' '따따따' 소리가 유난스럽게 들린다고 했다. 우리나라 말에 된소리가 많아서인 듯했다.

저녁 식사를 마친 후 특별히 할 일이 없어 성당 미사에 참석했다. 이삼 일 전 길에서 만났던 장신의 독일인 신부님이 집전을 했는데, 가톨릭 의식이 생소했던 나는 다른 사람들이 일어서면 따라 일어서고 앉으면 따라 앉기를 반복했다.

신부님은 미사가 끝난 후 순례자들을 나라별로 앞으로 나오게 한 다음 축수하면서 각 나라 언어로 적힌 순례자의 기도문을 나눠줬다. 순례를 마치고 무사히 집으로 돌아갈 수 있도록 신의 은총을 비는 기도문이었다. 이런 기도는 종교를 막론하고 모든 순례자가 하는 간절한 기도일 것이다. 무사히 걸음을 마치고 집으로 돌아갈 수 있도록 은총 내리소서.

순례자의 기도

가는 여정 동안 저희의 동행이 되어주시고
갈림길에서는 저희의 인도자가 되어주시고
피로로부터 저희의 휴식처가 되어주시고

위험으로부터 저희를 지켜주시고

가는 여정에 저희의 쉼터가 되어주시고

더위에 저희의 그늘이 되어주시고

어둠 속에 저희의 빛이 되어주시고

좌절로부터 위로와 안식을 주시고

뜻을 이루고자 하는 강인함을 주소서.

당신의 보호로 목적지에 안전하게 도착하고

여정 뒤에는 기쁨과 함께 무사히 집에 도착할 수 있도록

신의 은총을 내리소서.

디오니소스를 만나다

떡은 사람이
될 수 없지만
사람은 떡이 될 수 있다

이레째 날에는 로스 아르코스에서 출발하여 비안나^{Viana}
까지 19.5킬로미터를 걸었고 여드레째 날에는 21.5킬로
미터를 걸어 나바레테^{Navarrete}까지 갔다. 날씨는 쾌청했고
길도 순탄했다. 드넓게 펼쳐진 스페인의 들판은 파스텔화
처럼 은은했다. 유럽의 들판은 계절마다 색이 변하지만
은은한 파스텔 색조는 한결같다. 추수를 마친 구월 하순
의 들판은 옅은 황갈색 계통의 앙상블이었다. 여름 내내
작은 바람에도 출렁거렸을 밀밭은 이제 텅 비어 있었다.
굴삭기로 여기저기 뒤엎어져 파란 하늘을 향해 붉은 속살
을 스스럼없이 드러내 놓고 있었다.

햇볕과 비를 내린 하늘이 아버지라면 싹을 틔우고 생장
시킨 대지는 어머니이다. 한 해의 갈무리를 마친 들판은
평온하기 그지없었다.

나보다 먼저 산티아고 순례를 다녀온 지인은 봄에 다녀
오라며 오월을 적극 권했다. 연초록 밀밭과 지천에 핀 들
꽃의 향연이 눈앞에서 한없이 펼쳐진다고 했다. 나도 잘

안다. 푸른 밀밭 사이로 간간이 피어 있는 붉은색 양귀비꽃의 고혹적인 자태까지도 말이다. 그러나 지독한 들풀 알레르기가 있는 나에게 오월의 밀밭은 그야말로 치명적이다. 코와 귀, 눈, 목까지 부어오른다. 몰골이 엉망이 될 뿐 아니라 정신도 혼미해진다. 그래서 가을에 접어든 구월에 길을 나섰다.

이 길을 걷는 순례자들은 한 해 30여만 명에 달하는데, 여름철에 가장 많이 걷고 그다음이 봄철과 가을철 순이다. 추운 겨울 거센 바람을 뚫고 눈 덮인 산과 평원을 걷는 순례자도 있지만, 이때는 문을 닫는 알베르게가 많다고 한다.

비안나 마을을 떠나 라 리오하La Rioja 지역으로 들어서면서 주변 풍광이 차츰 변하기 시작했다. 밀밭 대신 포도밭이 구릉을 끼고 한없이 펼쳐졌다. 포도밭의 천국 같았다. 대신 순례길에는 가로수가 만들어주던 그늘이 사라져 버려 내리쬐는 땡볕을 고스란히 감내해야 했다.

작업하기 편하도록 종자 개량을 한 포도나무의 키는 어깨 정도로 나지막했다. 풍요와 자손 번창의 상징인 포도송이들이 줄줄이 매달려 있었다. 포도알들은 작열하는 햇볕에 타버린 듯 짙은 까만색으로 여물어 있었다.

이탈리아, 프랑스에 이어 세계 3위 포도주 생산국인 스페인은 뜨거운 햇볕과 건조한 날씨, 팍팍한 토양 덕분에 품질 좋은 포도주를 만들어 낼 수 있다. 지명과 이름이 같은 리오하 브랜드의 포도주는 가격 대비 품질이 우수하다. 시쳇말로 '가성비가 쩐'이다. 향도 풍부하고 맛도 제법 묵직하다. 저렴한 가격에 좋은 포도주를 마실 수 있다는 것은 얼마나 큰 축복인가.

연이어 뻗어 있는 포도밭 구릉을 따라 두어 시간 남짓 걸어서 로그로뇨Logroño라는 도시에 들어섰다. 거리에는 악대의 연주 소리가 울려 퍼지고 사람들이 웅성웅성 몰려 있었다. 마을 축제였다. 망설임은 그리 길지 않았다. 곧바로 군중 속에 뛰어들었다. 길 걷는 게 대수냐. 살아 있는 사람들의 삶 속으로 뛰어 들어가는 것도 순례의 한 방식이다.

스페인 사람들은 삶 자체가 축제다. 종교적인 축제 이외에도 지역마다 수호성인을 기리는 축제가 있어 전국 방

방곡곡에서 사시사철 축제가 끊이지 않고 열린다고 한다. 여기서는 내일부터 산마테오^{San Mateo} 축제가 시작된다고 했다. 오늘은 전야제인 셈이다. 매년 9월 20일부터 26일까지 열리는 이 축제는 추수 감사를 겸한 행사로, 사람들이 추수한 지역 특산품을 들고 나온다. 그리고 일주일씩이나 먹고 마시며 공연과 퍼레이드, 불꽃놀이, 투우 등을 즐긴다.

포도주 산지답게 민속 의상을 입은 처녀들이 나무통에 들어가 포도를 밟아 즙을 내는 전통 행사도 있다. 영화 〈구름 속의 산책〉에도 비슷한 장면이 나온다. 여주인공이 동네 처녀들과 함께 스커트 자락을 걷어 올리고 나무통에서 맨발로 포도를 밟아 으깨며 춤추는 모습이 무척 인상적이다.

축제 준비로 모두 분주했다. 부스마다 특산물을 진열하거나 음식 재료를 나르는 등 준비 작업이 한창이었다. 포도주를 선보이는 부스에서는 와인 시음이 이미 시작됐다.

멀리 동양에서 온 순례자를 알아보고 온갖 부스에서 포도주 시음을 권해 왔다. 호리병 모양의 가죽 주머니를 꽉 눌러 짜면 포도주가 바로 목젖을 타고 넘어가 자칫 잘못하면 얼굴이 포도주 범벅이 된다. 그러면 한바탕 웃음이 터진다. 어떤 아줌마가 장난을 걸어왔다. 그 바람에 포도주를 뒤집어써야 했다.

안주로 치즈나 하몽 조각을 조금씩 먹기는 했지만 빈속에 이곳 저곳에서 포도주를 얻어 마셔 제법 알큰해졌다. 덕분에 불콰해진 얼굴로 잔디밭에 앉아 한참을 쉬어야 했다.

나보다 사나흘 후에 로그로뇨에 들른 한국 젊은이의 말로는 고주망태들이 노상 방뇨를 하는 등 거리가 엉망진창이었다고 했다. 그는 빈정대는 투로 말했지만, 내 생각은 달랐다. 며칠간 계속 술독에 빠져 있었다면 당연한 일 아닌가. 축제를 제대로 즐길 줄 아는 로그로뇨 사람들이 내심 부러웠다. 떡은 사람이 될 수 없지만 사람은 떡이 될 수 있다는 말을 그 젊은이는 이해하지 못할 수도 있겠다.

그리스 신화에 나오는 술의 신이자 광란과 야성의 신인 디오니소스는 출생부터 예사롭지 않다. 제우스는 테베의 공주 세멜레에게 반해 사랑을 나눴다. 질투심에 불타오른 헤라는 세멜레에게 제우스의 본래 모습을 한 번이라도 제

대로 보라고 꾀었다. 꾐에 넘어간 세멜레는 제우스를 마구 졸랐다.

제우스는 결국 자신의 모습을 보여줄 수밖에 없었고, 신의 몸에서 뿜어져 나오는 광채 때문에 인간인 세멜레는 까맣게 타 들어가 재가 되고 말았다. 제우스는 재빨리 세멜레의 뱃속에 있는 태아를 꺼내 자신의 허벅지에 넣었다. 이 아이가 디오니소스다. 신과 인간 사이에서 태어났기 때문에 신과 인간의 경지를 넘나들게 하는 술의 신이자 광란과 야성의 신이 된 것은 아닐까.

님프들의 도움으로 자라난 디오니소스는 산과 들을 누비다 포도를 발견했다. 그리고 가는 곳마다 포도 재배법과 포도주 제조법을 전파했다. 술의 마력으로 도취와 해방을 맛본 사람들은 디오니소스를 열렬히 따랐고, 그를 위한 축제가 이어졌다. 술에 취해 춤을 추며 무아지경에 빠지는 축제는 모든 체력이 소진되어 그 자리에서 쓰러져 잠이 들어야 끝이 났다.

독일 동부 지역의 아름다운 도시인 드레스덴Dresden에 가면 드레스덴 미술관에서 두 얼굴의 디오니소스를 만날 수 있다. 하나는 온전한 정신의 디오니소스와 그를 따르는 여인들의 모습을 그린 그림이다. 다른 그림에는 술에 완전히 녹초가 된 디오니소스와 숭배자들의 헝클어진 모습이 그려져 있다.

디오니소스가 신과 인간의 경지를 넘나들었듯, 술은 지금도 불과 물의 경지를 넘나들고 있다.

버리고 비우는 일

도밍고 성인
이야기

아흐레째 날에는 나바레테에서 아소프라Azofra까지 23킬로미터를 걸었다. 그늘 하나 없는 길을 땡볕 아래 묵묵히 걸어야 했다.

새벽에 길을 나서면 평소 보이지 않던 것들이 보인다. 그 중 하나가 달팽이다. 달팽이가 이슬 머금은 길섶을 빠져나와 자갈길에서 곰작거리며 열심히 움직인다. 배낭을 걸머지고 걷는 순례자의 모습을 그대로 빼닮았다.

달팽이는 욕심을 버리고 안분지족하는 지혜를 지녔음에 분명하다. 쓸데없이 크거나 얍삽하게 작은 껍데기를 갖지 않는다. 자기에게 맞는 껍데기를 짊어진다. 급하다고 뛰지도 않는다.

순례자도 마찬가지다. 욕심을 버리지 못해 큰 배낭을 꾸리면 배낭 무게에 허리가 휘게 된다. 그렇다고 이것저것 빼고 짐을 싸면 나중에 엄청난 불편을 감수해야 한다. 순례자는 버리고 비우는 것을 잘해야 한다. 마음이 급해서도 안 된다. 마음이 급해 달리다 보면 반드시 발병이 난다. 우리 인생도 마찬가지 아닐까. 자기 처지와 분수를 모르고 욕심을 부리면 결국 탈이 나고야 만다.

어느 사찰에 갔을 때 문화 해설사가 해준 달팽이 이야기가 생각났다. 그는 석가모니 불상의 둥글둥글 뭉친 머리카락을 두고 달팽이 108마리가 부처님 머리 위에 앉아 있다고 했다. 밤새 좌선한 석가모니의 머리에 내려앉은 이슬을 먹기 위해 어깨를 타고 머리 위까지 올라갔단다.

불심 깊은 친구에게 이 이야기를 했더니 펄쩍 뛴다. 멋대로 꾸며낸 속설이라며 그런 얼토당토않은 말은 꺼내지도 말란다. 그러나 문화 해설사의 설명도 문학적 상상력이 가미되었을 뿐 턱없는 엉터리는 아니었다. 석가모니가 보통 사람과 다르다는 것을 강조하기 위한 이야기임은 분명하니까 말이다.

길에서 네 명의 미국 할머니들을 만나서 인사를 나눴다. 자기들은 일흔한 살로 학교 동창들이라며 매년 이렇게 여행을 다닌다고 했다. 무엇이 그리 좋은지 계속해서 재잘거리고 깔깔댔다. 활기가 넘쳤다. 이들은 노인네가 아니었다. 열일곱 살 젊은이들이었다. 순례길을 걷는 것이 마냥 즐겁기만 하단다. 하루 20킬로미터씩 사십 일 일정으로 걸을 요량인데, 더 걸려도 괜찮다고 했다. 이 젊은 할머니들에게 산티아고 순례길은 고행길이 아니라 즐거운 산책길이었다. "버리고 비우는 일은 결코 소극적인 삶이 아닌 지혜로운 삶의 선택"이라는 법정 스님의 말씀을 알 턱이 없는데도 그들은 그 말씀을 실천하고 있었다.

산토도밍고 데 라 칼사다St. Domingo de la Calzada 마을에 도착했다. 중세 때부터 수많은 순례자가 통과하는 이 마을에는 도밍고 성인의 이야기와 한 기적에 대한 전설이 전해 내려오고 있다. 목동 출신이었던 도밍고는 수도원에 들어가고 싶었으나 일자무식이라는 이유로 거절당했다. 그는 대신 자기가 할 수 있는 일에 한평생을 바치기로 마음먹고, 순례자들을 위해 밤낮을 가리지 않고 길을 닦고 다리를 놓았다. 덕분에 그는 훗날 성인으로 추앙받아 그의 이름을 딴 성당까지 세워졌다.

전설로 내려오는 기적 이야기는 이렇다. 부모와 함께 산티아고 순례에 나선 잘생긴 청년에게 반한 여관집 주인 딸은 그에게 사랑을 고백하지만 거절당하고 만다. 그러자 앙심을 품은 그녀는 은잔을 청년의 봇짐에 몰래 넣어 누

명을 씌운다.

청년은 절도죄로 교수형에 처해지게 되는데, 그의 부모는 순례를 멈추지 않고 산티아고까지 갔다가 돌아왔다. 교수대에 매달린 채 죽지 않고 살아 있는 아들을 발견한 부모는 재판관의 집에 달려가 사실을 알렸다. 마침 저녁 식사를 하고 있던 재판관은 "식탁 위의 구운 닭이 다시 살아난다면 모를까 당신들의 말을 믿을 수는 없다"고 했는데, 정말로 식탁 위의 닭이 튀어 오르며 큰 소리로 울었다. 재판관은 얼른 교수대로 달려가 청년을 풀어주었다고 한다. 풍부한 문학적 상상력이 만들어 낸 이 이야기는 아름다운 전설이 되어 수 세기에 걸쳐 전해진다.

기적은 하늘에서 떨어지는 것일까, 땅에서 솟구치는 것일까. 아무래도 땅에서 솟구치는 것이라는 생각이 든다. 공양미 300석을 부처님께 바치면 눈을 뜰 수 있다는 스님의 말에 무턱대고 약속을 해 버린 심 봉사를 위해 제물이 되어 거친 바다에 뛰어든 효녀 심청의 설화 역시 문학적인 상상력이 만들어 낸 기적이 아닐까.

이곳의 기적 이야기는 산티아고 순례의 영검한 공력을 입증하는 데 맞춰져 있다. 그런데 여관집 주인 딸은 어떻게 됐을까. 사람들은 이루지 못한 짝사랑 상대에게 누명을 씌운 이가 처벌을 받았는지, 아니면 그와 결국 짝이 되었는지에는 아무런 관심도 없다. 부처님의 공력과 심청의 효심에 관심이 쏠려 쌀 300석에 딸을 팔아 버린 심 봉사의 패륜 행위와 인신매매를 저지른 뱃사람들에게 무관심하듯이.

그라뇽 수도원의 다락방

하나님은
모든 언어를
갈라놓으시니

무거운 발을 끌면서 그라뇽^{Grañón} 마을에 들어섰다. 인구가 삼백 명 남짓인 아주 작은 마을이었다. 그러나 중세부터 유지되어 온 마을이 가진 시간의 무게를 느낄 수 있었다. 모진 풍상을 견뎌내고 우뚝 솟아 있는 소나무에서 느껴질 법한 묵직함이었다.

하룻밤 묵기 위해 수도원에서 운영하는 알베르게에 들어섰다. 돌로 된 육중한 수도원의 출입문은 아주 작았다. 좁은 계단을 올라가니 넓은 다락방이 나왔다. 큰 사찰의 법당 같았다. 계단참에는 순례자들의 신발과 지팡이가 모여 있었다. 삼십여 명이 쉴 수 있는 널따란 다락방 구석에 자리를 잡았다.

내 뒤를 따라서 들어오던 백인 순례자가 한참을 망설이더니 돌아서 나가려고 했다. 왜 그러느냐고 물었더니 맨바닥에서 자는 것이 불편하다고 했다. 삐걱대는 철제 이층 침대보다 바닥에 매트를 깔고 자는 것이 훨씬 편한데 아무래도 자신이 없는 모양이었다.

수도원이나 수녀원에서 운영하는 알베르게는 대개 숙

박료와 식대를 받지 않는다. 대신 순례자들이 재량껏 넣게끔 문간에 기부금 상자가 놓여 있다. 보통 10유로 정도 낸다. 이 적은 돈으로 두 끼 식사와 잠자리까지 해결된다. 저녁 식사 때는 포도주도 마음껏 마실 수 있으니 얼마나 저렴한가. 돈이 넉넉지 않은 젊은이들은 2유로 정도 내거나 아예 공짜로 신세를 진다. 이런 알베르게만 찾아다니며 묵는다던 한 젊은이는 세상에서 가장 싼 여행을 한다며 자랑했다.

주방에서 저녁 식사를 준비하길래 가서 거들었다. 이 나라 저 나라에서 온 순례자들과 함께 감자를 까고 양파를 썰어 콩 스튜를 만들었다. 사십여 명이 식탁에 빙 둘러앉아서 샐러드와 치즈 바른 바게트, 콩 스튜로 저녁을 들었다. 포도주가 서너 잔씩 들어가니 다들 얼굴이 불콰해지고 실내는 여러 나라의 언어로 왁자지껄해졌다. 술을 허용한 가톨릭에 감사했다. 역시 포도주는 생명수다.

식사를 마치고 남자들이 설거지를 했고, 수사님과 수녀님의 지시에 따라 바로 위층에 있는 다락방에 다시 모였다. 중앙에 놓여 있는 큰 촛대에 불을 밝힌 두 분이 산티아고 순례를 온 이유나 느낌, 자신이 안고 있는 문제나 기도 제목 등 무엇이든 좋으니 돌아가면서 짧게 말하라고 했다. 언어도 자기가 편한 언어로 하라고 했다.

한 사람씩 영어, 스페인어, 불어, 독일어, 한국어 등 자기 나라 언어로 말하기 시작했다. 다른 사람들이 알아듣든 못 알아듣든 상관없었다. 내 차례가 와서 한반도의 평화를 위해 함께 기도해 달라고 부탁했다. 북한의 핵 개발에 따른 위협이 연일 지상紙上을 장식할 때 출국해서인지 알게 모르게 불안감이 마음 한구석을 누르고 있었기 때문이다. "연극 1막에 등장한 총은 3막에서 반드시 발사된다"는 안톤 체호프의 말이 뇌리에서 떠나지 않았다.

어두운 다락방에서 각국 언어로 말을 토해 내는 순례자들을 보고 있자니 바벨탑 생각이 났다. 창세기에 의하면 거대한 바벨탑을 쌓아 하늘에 닿으려 했던 인간의 끝없는 호기심과 오만함에 분노한 하나님이 사람들의 언어를 갈라놓았다고 한다. 이 이야기도 상상력이 만들어 낸 신화이리라.

언어에는 집단을 결속시키는 힘이 있다. 만약 이 세상 사람 모두가 한 가지 언어를 사용한다면 어떨까. 지금보다 더 평화로울까, 아니면 더 이악스러울까.

하늘까지 닿으려는 인간의 욕망에는 과연 끝이 있을까. 혹시 신의 영역에 도전하며 무섭게 질주하고 있는 인공지능이 또 다른 바벨탑은 아닐까.

길을 걷는 젊은이들에게

절대로,

절대로,

절대로,

절대로

사막 어딘가에 유목민과 낙타의 타는 갈증을 적셔주는 오아시스가 있듯이, 산티아고 데 콤포스텔라Santiago de Compostela를 향해 이베리아반도를 횡단하는 순례자에게는 바르가 있다. 멀리 마을이 보이면 발걸음이 가벼워진다. 마을이 반가워서가 아니라 바르가 있어서 그렇다.

바르는 다기능의 오아시스이다. 배고프고 목마른 순례자를 위해 간단하게 먹을 것과 마실 것이 있다. 참았던 용변을 처리할 수 있는 고마운 해우소이기도 하다. 앞서거니 뒤서거니 하는 동행이 있다면 만남의 장소가 되기도 한다. 게다가 글로벌 통신소 역할까지 한다. 와이파이를 이용해 이역만리 떨어져 있는 가족이나 친구에게 안부를 전하고 받을 수 있다.

800킬로미터나 되는 산티아고 순례길을 큰 어려움 없이 걸을 수 있었던 것은 바로 이 바르 덕분이었다. 더 솔직히 말하면 천사 미카엘 덕분이었다. 미카엘은 가브리엘, 라파엘과 함께 구약 성서에 나오는 3대 천사장인데, 나는 바르에 들어서기가 무섭게 곧바로 산미구엘San Miguel 생맥

Elaboración cuidada. Sabor puro y natural.
CERVEZA INTERNACIONAL
San Miguel
EXPLORING THE WORLD SINCE 1890
PREMIUM
ESPECIAL
ORIGINAL LAGER BEER
· DESDE 1890 ·

주 그란데grande 한 잔을 주문하곤 했다. '미구엘'은 미카엘의 스페인어 표기이며 '그란데'는 큰 잔을 뜻한다. 산미구엘 생맥주를 쭈욱 들이켜면 한낮의 땡볕에 갈증으로 타들어 가던 온몸의 세포들이 촉촉하게 생기를 되찾는다. 고마운 수호천사, 미카엘이 산미구엘 생맥주로 현신했음에 분명하다.

아스트로가Astroga 성당 안에 미카엘 천사장의 조형물이 있는데, 다정다감한 훈남의 모습이다. 미카엘의 영어식 이름이 바로 마이클Michael이다. 가수 마이클 잭슨, 농구 선수 마이클 조던, 권투 선수 마이크 타이슨, 배우 마이클 더글라스, 독일의 카레이서 미하엘 슈마허Michael Schumacher와 같이 수많은 사내 이름을 꿰찬 것만 봐도 그의 인기가 얼마나 대단한지 가늠할 수 있다.

종종 청년들과 함께 순례길을 걸었다. 그러다 바르를 만나면 같이 산미구엘 맥주를 마시며 목을 축이곤 했다. 서로 아무런 이해관계가 없다 보니 대화도 비교적 가볍고 가식이 없었다. 직장 생활이나 취업 등으로 한창 바쁠 텐데도 먼 길을 떠나온 젊은이들의 기상이 가상했다.

군 복무를 마치고 제대하자마자 곧바로 이곳으로 떠나왔다는 스물다섯 살의 늠름한 P군은 혼자 걸으며 많은 것을 생각한다고 했다. 복학하지 않고 사회로 직접 뛰어들까 고심하고 있다며, 해답을 구하기 위해 걷는단다.

삿포로 출신 스물일곱 살 일본인 여성 Y도 두세 차례 만나 함께 걸었다. 1년 동안 마음 내키는 곳을 찾아다닐 계획으로 지난 2년간 열심히 아르바이트해서 돈을 모았다고 했다. 혼자 다니는 게 겁나지 않느냐고 물었더니 혼자라서 편한 게 더 많다고 했다. 스페인과 포르투갈의 순례길을 다 걸은 다음에는 인도, 스리랑카로 갈 예정이라고 했다.

덴마크에서 온 두 청년도 기억에 남는다. 산티아고 순례길을 다 걸은 후 요트를 타고 대서양을 건너 미국으로 갈 계획이라고 했다. 그때쯤에는 무역풍이 불기 시작해 바람을 이용하여 큰 바다를 건널 수 있다고 했다. 바이킹의 기질이 핏줄에 흐르고 있는 게 분명했다.

나는 또래에 비해 비교적 젊은 사람들과 많이 어울리는 편에 속한다. '내 잔이 넘치나이다'를 스스로 잘 알고 있기 때문인 듯하다. 지금도 재능 기부로 한국 장학 재단의 차세대 리더 육성 프로그램 멘토로서 활동하고 있다. 탈북청년 멘토링도 하고 있다.

언젠가 멘티 S가 나에게 물어 왔다.

"대학 4.5학년, 나이 24.5세의 고민을 아세요?"

짙은 안개 속에 갇혀 있는 듯한 막막함에 던진 질문이라는 걸 안다. 대학 졸업 후 곧바로 부딪히는 취업 관문은 보통 문제가 아니다. 이들의 부모 세대가 '빈곤 속의 풍요'를 누렸다면 지금 청년들은 '풍요 속의 빈곤'을 겪는 세대라고 할 수 있다.

그에게 파울로 코엘료의 소설 《연금술사》를 권해주었다. 이 책의 주제는 각자의 참된 운명, 자아의 신화를 살아가라는 것이다. 자아의 신화를 이루어 내기를 간절히 원하는 자는 우주가 예비하고 있는 '표지'를 만나게 된다. 양치기 소년 산티아고처럼 미지의 세계에서 많은 사람을 만나고 여러 가지 일들을 경험하게 될 텐데, 그때 결코 두려워하거나 회피하지 말라는 말로 답변해주었다. 그리고 불굴의 용기와 리더십으로 제2차 세계 대전을 승리로 이끈 윈스턴 처칠의 말을 화두처럼 꽉 붙잡고 나아가라고 당부했다.

절대로 주눅 들지 마라.
절대로, 절대로, 절대로, 절대로.

아들이 고등학교 1학년일 때 지방에서 근무하게 되는 바람에 가족들과 떨어져 살았던 적이 있다. 비교적 자유분방했던 아들은 사춘기를 힘들게 넘기고 있었다. 언젠가 학교 수업을 마치고 나를 찾아와서 지리산 입구에서 하루를 보낸 적이 있다. 집에서 엄마와 누나가 매사에 참견하려고 해서 충돌이 잦았던 모양이었다.

아들이 돌아간 후 편지를 보냈었는데, 다시 읽어 보니 지금 멘토링하는 젊은이들에게 들려주고 싶은 내용이 그대로 담겨 있었다.

사랑하는 아들에게

잘 다녀갔다. 어쩐 일이냐, 멀리 지방 근무하는 애비 만나러 올 생각을 다 하게. 사춘기思春期를 맞은 아들 녀석과 사추기思秋期의 애비가 지리산 자락에서 오롯이 보낸 하루. 뜻있는 시간이었고 훗날 소중한 추억이 될 터이다.

네가 학교 수업 끝난 후 책가방 둘러메고 진주 고속버스 터미널에 도착한 것은 저녁 어스름이었고, 우리가 쌍계사 부근 민박집에 짐 풀고 마을 쪽으로 나설 때는 아홉 시 반경이었다. 그때까지도 달은 산등성을 타고 오르지 못해 마을로 뻗어난 길은 칠흑 어둠 속에 묻혀 있었다. 골짜기 바위를 온몸으로 부딪치며 흐르는 계곡의 힘찬 물소리, 코끝에 상큼하게 와닿는 산 내음 그리고 시리게 맑은 하늘에 무수히 떠 있는 별들의 찬연함에 절로 탄성이 터져 나오는 밤이었다.

차차 어둠에 눈이 익으면서 장중한 지리산의 자태와 마을의 구조물들은 뿌연 음영으로나마 분별되는데 오히려 발밑의 돌부리나 웅덩이를 헤아리기가 어려운 것을 보니 인생살이의 이치도 이와 같을 수 있다는 생각이 들

었다. 민박집 주인 아저씨에게 빌린 랜턴 불빛이 길잡이 역할을 하기도 했는데, 인생길을 걸으면서 때론 남의 지혜를 빌리는 현명함이 있어야 함을 깨쳐주는 듯했다.

쌍계사 입구 마을 주점. 간극이야 어찌 없으랴만 아버지와 아들로서, 사내 대 사내로서 동동주 한 사발 들이켜는 짧은 시간에나마 세대간의 거리를 뛰어넘고 싶었던 건 애비의 소박한 욕심이었다.

보름이 사나흘 지나 한 켠이 이지러진 달이 숙소로 돌아오는 길을 어슴푸레 비춰주고 산그늘에 가려진 마을에선 개 짖는 소리가 나기도 했다.

다음날 새벽 여섯 시 십오 분. 그리 이르다고 할 수 없는 시간이지만 늦잠 자며 뭉그적거리기 좋아하는 너에게는 신새벽이었다. 오후 귀경 때문에 반나절 정도의 시간이 허용된 터였다. 그래서 멀지 않은 불일암을 다녀오는 것으로 방향을 잡고 산길을 올랐다. 새벽 산행은 하루 중 어느 때보다 왕성한 산기운을 느낄 수 있기 마련인데, 하물며 백두대간에서 뻗쳐 나온 영산 지리산에서야.

잰걸음이 아닌 소걸음으로 나아갔다. 쉬기 위해 들른 국사암은 쌍계사의 부속 암자로서 신라 시대 때부터 내려온 유서 깊은 곳이다. 울창한 소나무 숲에 둘러싸여 있는 이 절은 천년 풍상을 견디어 낸 만큼 기품을 지니고 있었다. 절간 툇마루에 앉아 풍경 소리를 들으며 흘러가는 구름을 바라보던 것은 산봉우리를 향해 서둘러 오르던 평상시의 산행에서는 즐길 수 없었던 여유였다.

열 시 전후의 하산 길은 단체 관광버스로 왔음직한 사람들이 온통 밀려와 이미 새벽의 은밀함이 사라져 있었다. 산을 빠져나오기 전 계곡에 앉아 이른 새벽부터 산길 오르내리느라 수고가 많았던 발을 차가운 계곡물에 담그고 발가락 사이까지 정성껏 닦아주었더니 몸은 다시 날아갈 듯 가벼워졌다.

애비 잘 만나 저 멀리 원색의 땅 아프리카 라이베리아에서 태어나 자메이카, 미국, 유럽 등 세계 이곳저곳을 누비고 국내 들어와서도 호남 지방, 영남 지방 그리고 북한산, 설악산, 주왕산, 지리산을 쫓아다니니, 또래 중 그런 애들이 1퍼센트나 되겠느냐는 흰소리에 지금 이 시대에 불평 없이 아버지 따라 여기저기 다니는 자기 정도의 괜찮은 아들 역시 1퍼센트도 안 될 것이라고 장군 멍군

식의 응수. 이놈 봐라.

학교 친구들 이야기, 함께 택견 배우는 친구들 이야기, 어느 여학생 이야기, 학교 성적 이야기, 장래 이야기 그리고 엄마와 누나의 참견과 간섭…… 단편적으로 주절대는 너의 이야기에 대한 애비의 반응이나 생각 들을 다시 적어 보마.

내가 너만 할 때 내 사정은 많이 어려웠고 그걸 묵묵히 넘기느라 힘들었다. 역도부에 들어가 무거운 쇠뭉치를 들었던 이유도 그 당시 생활과 여건의 무게를 감내하기 위함이었다. 지금은 오히려 그 덕을 많이 보고 있다만.

청춘의 고민은 불확실성에서 비롯된다. 그리고 불확실성은 무한한 여백과 가능성에서 연유한다고 생각한다. 대학 입학 당시 일기장에 이렇게 적었다. '모든 가능성이 내 안에 있다'라고. 그리고 1년 후엔 '노력하는 한'이라고 덧붙였다. 3학년 땐 '시간의 요소'를 적었고, 졸업에 가까워서는 '운명의 밑그림'을 생각하게 되었다. 표현은 달라졌지만 그 당시 제일 염두에 두었던 단어는 언제나 '형성build-up'이었다.

이제 마무리를 해야겠다. 앞에서도 말했다만 사춘기

와 청년기에 끊임없이 고민하는 것은 눈앞에 무한한 여백과 가능성이 펼쳐져 있기 때문이다. 그러나 연초록 숲길로 접어드는 설렘이 있지 않으냐. 젊은이답게 담대하게 나아가라.

이에 반해 사추기의 번민은 한여름 짙푸르던 잎새들이 황갈색으로 변해 가며 여기저기 듬성듬성 뚫려 어딘가 허전한 숲속에서 지난 길을 되돌아보는 것이다. 그래, 애비는 여지껏 걸어온 것처럼 남은 길도 그렇게 담담하게 걸어 나가겠다.

우태야! 연초록 숲이 아름답듯이 황갈색으로 은은하게 물든 숲도 아름답지 않으냐.

길에서 자화상을 그리다

옹이 없는
나무 없듯이

일정의 삼 분의 일이 지났다. 서툴고 어색했던 것들에 익숙해져 어느새 모든 일이 일상이 돼 버렸다. 하루 종일 걷다 낯선 동네에서 알베르게를 찾아 들어가 세계 각지에서 온 생면부지의 사람들과 하룻밤을 함께 보낸 다음, 새벽 일찍 배낭을 챙겨 또 길을 떠나는 것이 이제 정말로 자연스럽다.

열둘째 날, 벨로라도^{Belorado}부터 아헤스^{Ages}까지의 30킬로미터 길은 지루하고 힘들었다. 오르막 비탈길을 예닐곱 시간 동안 마냥 걸어야 했다. 힘들어서 그랬는지 외롭다는 생각이 밀려왔다.

나는 누구인가. 어떤 사람인가.

대학 다니던 젊은 시절에나 했음직한 생각에 빠져들었다. 붙박이별이 아니라 떠돌이별 같은 운세를 타고났다는 생각이 들었다. 라이베리아, 자메이카, 스위스와 독일, 미국 등지에서 해외 생활을 했으니 오대양 육대주를 모두 누빈 셈이다. 옛날 같았으면 역마살이 꼈다며 측은하게 여겼겠지만, 요즈음은 누구나 부러워하는 신종 노마드 Nomad 족에 해당된다. 이만하면 잘 살아온 인생이고 복 받은 삶이다.

한때는 내 인생을 온전히 스스로 결정하고 선택했다고 생각했었다. 학교도 결혼도 직장도 내가 선택하고 결정했으니 그럴 만했다. 그런데 살아갈수록 그렇지 않았다는 것을 실감했다. 마지막 직장에서 물러나며 퇴임사로 이렇게 고백할 수밖에 없었다. 내 인생에서 내가 결정하고 선택한 것은 겨우 2퍼센트뿐이고 98퍼센트는 운명의 수레바퀴에 맡겨진 것이었다고.

늦깎이로 그림 공부를 시작하면서 언젠가는 캔버스 위에 나를 그려 봐야겠다는 생각을 했다. 초상화가 아니라 내가 그리는 나의 진면목, 다시 말해 자화상을 그리겠다는 생각이었다. 수없이 바뀌는 모습 중 과연 어떤 것이 나의 참모습일까. 아무리 진면목을 그려 보려 한다고 해도 또 다른 허구는 아닐까. 하지만 그것조차도 나의 한 조각일 테니 언젠가 한 번은 그려 봐야겠다.

나는 특별히 내세울 개성이나 매력이 없는 사람인데,

어떤 이미지를 그려 내야 할까. 존 뮤어 트레일을 종주할 당시의 야성 넘치던 모습을 바탕 삼아 거칠게 그려 봐야 겠다는 생각을 했다.

자화상에 한참 몰입해 걷다 갑자기 돌아가신 지 오래된 선친이 머릿속에 떠올랐다. 평소 생각하지도 않고 마냥 잊고 살았는데 무슨 일인지 모르겠다. 아니, 사실은 애써 아버지를 지우고 살았는지도 모르겠다.

나는 우리나라의 모든 것이 어려웠을 때 국영 기업에 근무하셨던 선친 덕분에 상당히 안정된 환경에서 어린 시절을 보냈다. 그런데 무슨 이유였는지 모르겠지만 아버지는 그 좋다는 직장을 돌연 그만두고 운수 사업을 시작하셨다. 동업이었다. 처음 잠깐 반짝했던 사업은 1년도 안 돼서 망했다. 그리고 우리 집도 쫄딱 망했다. 그런데 동업자는 전혀 망하지 않았다.

고등학교 1학년 어느 날, 학교 끝나고 집에 돌아와 보니 잔치가 벌어지고 있었다. 빚잔치였다. 난장판이었다. 그 당시는 파산이나 회생 같은 법적 보호 제도가 없었나 보다. 빚쟁이들이 저마다 집안 살림살이를 들고 튀었다. 하

이에나들 같았다.

어두워질 무렵, 우리 식구는 용달차 뒤 칸에 실려 달동네로 갔다. 용달차에는 어머니가 사수한 재봉틀 한 대와 내가 엎드려 구해 낸 책상 하나가 실려 있었다. 아버지는 재기를 위해 발버둥 치셨지만 허사였다. 3~4년 지난 후 화병으로 병석에 누우신 아버지는 꽤 오랫동안 자식들에게 마음의 큰 짐이 되셨다.

아버지가 아들이 대학 합격했다며 약주 한 잔 드시고 덩실덩실 춤을 추셨다던 고모의 말이 왜 이 길에서 떠올랐을까. 생각조차 해본 적 없었던 그 말이 왜, 뜬금없이.

나도 모르게 뜨거운 눈물이 주르르 흘러내렸다. 흐느끼지는 않았다. 아! 아버지. 순례길에서 다들 한 번은 눈물을 흘린다는데, 내가 그럴 줄은 몰랐다.

옹이 없는 나무 없듯 상처 없는 인생이 어디 있겠는가. 애써 외면했던 아버지를 산티아고 순례길에서 만나다니, 정말 그럴 줄 몰랐다. 아버지에게 용서를 빌지는 않았다. 그러나 화해는 한 것 같았다. 뜨거운 눈물이 그랬다.

엘 시드의 고향, 부르고스

나무 십자가가
내 마음에

열사흘째 날, 아헤스를 떠나 엘 시드^{El Cid}의 고향 부르고스^{Burgos}를 향해 19킬로미터를 걸었다. 어제 힘들게 오르막길을 오른 수고를 내리막이 보상해주었다.

날씨는 쾌청했다. 먼발치에 앞서가는 사람의 랜턴 불빛을 따라 새벽길을 나섰다. 3킬로미터 정도 걷자 작은 마을이 나타났다. 골목길에 들어서니 어디선가 달콤한 빵 냄새가 났다. 순례자를 위해 일찍부터 문을 연 바르였다. 그때 맡은 커피의 향긋한 향과 갓 구워 낸 빵 냄새는 지금도 기억 속에 남아 있다.

아직 잠이 덜 깬 오십 대 부부는 분주했다. 고마운 사람들이었다. 스페인 사람들은 대부분 늦게 자고 늦게 일어나는데, 이들은 순례자들을 위해 꼭두새벽에 문을 열었으니 말이다.

마을을 빠져나가기 직전, 어둠 속에서 특이한 입간판을 발견했다. 인류 조상의 유적을 발굴한 장소임을 알리는 간판이었다. 아타푸에르카^{Atapuerca}라는 마을에서 120만 년 전 호모 에렉투스^{Homo erectus}의 거주지를 발굴하고 있단다.

호모 에렉투스는 다른 동물들과 달리 직립 보행을 하며 도구를 이용해 사냥하고 불을 사용한 호모 사피엔스Homo sapiens의 조상이다. 찰스 다윈의 《종의 기원》에 따르면 인류의 진화는 2500만 년 전 물고기로부터 시작됐으며 지금도 계속되고 있다고 한다. 지극히 미약한 존재인 호모 사피엔스가 이제는 인공 지능과 생명 공학을 통해 신의 경지를 넘보는 호모 데우스Homo deus를 향해 맹렬하게 진보하고 있다. 120만 년 전에 인간의 조상인 호모 에렉투스가 존재했던 것처럼 120만 년 후에도 인간의 후손은 존재할까. 존재한다면 어떤 모습일까.

마을을 벗어나자 가파른 언덕이 나타났다. 언덕길을 따라 철조망이 쳐진 목장 안에는 양 떼가 새벽이슬을 맞으며 서 있었다. 99마리의 양을 놔두고 잃어버린 1마리를 찾아 나선 목자의 이야기가 잠시 생각났다.

조금 지나서 돌길이 나왔는데 느낌이 묘했다. 사방에 널브러진 농구공 크기의 거무칙칙한 돌들이 마치 해골바가지처럼 보였다.

골고다 언덕인가. 언덕 꼭대기에는 돌무덤이 쌓여 있고

정중앙에 높다란 나무 십자가가 덩그러니 서 있었다. 어떤 장식도 꾸밈도 없었다. 산티아고 순례길을 걸으면서 수없이 많은 십자가를 만났는데, 동터 오는 하늘을 배경으로 우뚝 서 있는 이 십자가가 마음에, 영혼에 가장 와 닿았다.

십자가가 서 있는 돌무덤 곁 넓은 평지에는 걸작품이 현재 진행형으로 만들어지고 있었다. 호수 위에 동심원이 퍼져 나가듯 언덕 위에 순례자들이 한마음 한뜻으로 만든 동심원이 점점 넓게 퍼져 나가고 있었다. 신비의 동심원 Mystic circle이다. 나도 돌 하나 들어 동그라미에 보탰다. 신화나 전설도 이렇게 만들어지는 거겠지.

중세 시대 때부터 산티아고 데 콤포스텔라를 향해 가는 순례자들이 찾아와 반드시 머물고 가는 곳이 부르고스이다. 중세 카스티야Castilla 왕국의 수도답게 수많은 성당의 첨탑과 수도원, 궁전, 대학교와 병원 들이 쉽게 범접하지 못할 중세 도시의 위용을 과시하고 있다.

유네스코 세계 유산에 등재되어 있는 부르고스 대성당은 규모나 실내 장식면에 있어 세계 최고 수준의 성당 가

운데 하나이다. 대성당 외벽 파사드^{Facade}와 하늘을 찌를 듯한 첨탑의 위엄찬 모습을 스마트폰 카메라로는 담을 수가 없었다.

대성당 내부에는 넓은 회당이 중앙에 자리하고 있고, 그 주위에 15개가 넘는 작은 예배당들이 회랑을 따라 배치되어 있다. 각 예배당들은 당대 재력가의 후원으로 최고의 건축가, 조각가, 화가 들이 동원되어 만들어져 제각기 다른 분위기를 가지고 있다. 모든 예배당이 대리석, 타일, 옥 혹은 상아와 흑단으로 장식되어 있어 화려하기 그지없었다. 조각품이나 부조물, 성화 들은 하나같이 보물이었다. 한때 세계를 제패했던 스페인의 부귀와 위용을 느낄 수 있었다.

대성당에는 전설적인 영웅 엘 시드의 시신을 모셨던 목관이 전시되어 있다. 찰턴 헤스턴과 소피아 로렌이 주연을 맡은 영화로 우리에게 친숙한 엘 시드는 스페인 안에 있는 이슬람 세력들을 포용하는 지도력을 발휘하여 국가의 위난을 극복한, 스페인 사람들이 제일 존경하는 영웅이다.

엘 시드는 자기를 두려워하며 시기하는 국왕에게 온갖

핍박을 받고 추방당하는 수모를 겪었음에도 불구하고 왕국에 충성을 다하다가 장렬하게 죽음을 맞았다. 충무공 이순신 같다. "싸움이 중하니 나의 죽음을 알리지 말라"며 최후를 맞은 것까지도 흡사하다.

광장 한구석에서 특이한 조형물을 발견했다. 벤치에 앉아 있는 병들고 지친 순례자였다. 온몸에 피고름이 흐르는 듯한 그의 모습은 처연하기 그지없었다.

중세 시절 순례자들은 마을과 마을 사이의 소식을 이어주는 역할을 했지만 전염병이 돌 때면 수많은 마을에 전염병을 퍼트리는 매개체가 되기도 했다. 몹쓸 병을 얻어 고향을 떠난 것도 서러운데 생전 처음 보는 사람들에게 원망의 시선까지 받아야 했던 그들에게 치유의 기적이 일어났기를 바란다.

빌바오 구겐하임 미술관

그런 날이
빨리 왔으면

살다 보면 일탈을 꿈꾸는 날이 있다. 다람쥐 쳇바퀴 돌 듯 매일 같은 궤적을 걷는 생활이 지겨워질 때 그렇다. 그러나 실행하지 못하는 경우가 허다하다. 차마 감행할 용기가 나지 않기 때문이다.

산티아고를 향해 걷기 시작한 지 보름 만에 순례자의 일상에서 과감하게 빠져나왔다. 스페인에 가는 김에 빌바오Bilbao에 있는 구겐하임 미술관Guggenheim Museum을 둘러보라는 지인의 권유를 따르기 위해서였다.

길을 걸으면서 계속 망설였다. 순례길에서 빌바오로 가는 길은 두 가지가 있다. 로그로뇨에서 빠져나가거나 부르고스에서 빠져나가는 것인데, 이제 부르고스를 지나면 기회는 물 건너가게 된다.

부르고스에서 출발하기 전날 저녁, 포도주를 마시면서 마음을 정했다. '갈까 말까 망설일 때는 가라'는 세속적인 지혜를 따르기로 작정한 것이다.

구겐하임 미술관에 가려고 마음을 먹은 데는 두 가지 이유가 있다. 먼저 지역 경제가 폭망하며 쇠퇴일로에 있던 도시가 어떻게 다시 회생했는지 확인하고 싶었고, 같은 시대를 살아가는 천재 건축가의 걸작품을 한번 보고 싶다는 생각도 있었다.

스페인 북부 해안 지역에 위치한 빌바오는 한때 철강과 조선 산업으로 번성했던 도시였다. 두 주력 산업이 한국, 일본, 중국 등에 밀리면서 쇠락의 길을 걸어 인구는 줄어들고 도시는 황폐해져 갔다.

그러자 바스크 주 정부는 문화 예술 산업을 통한 도시 발전 모델로 빌바오를 선정하고 뉴욕의 솔로몬 구겐하임 재단과 교섭한 후, 과감하게 1억 달러의 건축비를 지원하기로 결정했다. 구겐하임 재단은 이 시대의 천재 건축가 프랭크 게리Frank Gehry에게 창의적이면서도 대담한 미술관을 설계토록 주문했다.

1997년 10월, 20세기 최고의 건축물로 평가받는 구겐하임 미술관이 개관되자마자 빌바오는 문화 예술의 핵심 도시로 각광받게 됐다. 이 미술관을 보기 위해 인구 30만 명의 소도시에 한 해 130만 명이 넘는 관광객이 몰려들었다. 세계 각지에서 온 관광객이 뿌리는 돈으로 흑자로 돌

아선 빌바오는 공항, 교통 시스템, 호텔 등 관광 인프라 구축으로 도시 재생 사업에서 가장 성공한 모델이 됐다. '최고의 유럽 도시'로 선정되는 등 도시화 분야의 국제적인 상 또한 휩쓸고 있다. 이 정도면 찬란한 부활이라고 할 수 있겠다.

빌바오 미술관은 건물 자체가 뛰어난 예술 작품이었다. 첫인상은 '거대하다'였다. 티타늄과 유리로 지어진 건물 외벽 파사드는 완만한 곡선으로 이뤄져 있어 시시각각 변하는 광선에 따라 명암이 극명하게 달라진다. 스페인의 넓은 들판에 누워 있는 구릉들이 빚어내는 빛의 음영을 닮았다고 한다.

내부에 들어서면 높고 넓은 아트리움이 나오는데 이 역시 곡선에 비대칭이었다. 직선이 인간의 선이라면 곡선은 신의 선이라고 가우디는 말했다. 천장과 벽 유리창을 통해 자연광이 쏟아져 들어왔다. 프랭크 게리는 이 아트리움을 '꽃The flower'이라고 명명했다. 천재의 시각이 부러웠다.

천재들은 싱거운 장난을 좋아하나 보다. 꽃으로 화려하게 장식한 어마어마한 크기의 강아지 조형물을 미술관 정문 앞에 앉혀 놓았다. 강아지를 꽃으로 장식한다는 발상이 특이했다.

건물 뒤쪽에 세워진 튤립 조형물 꽃봉오리들이 각각 다른 색상으로 피사체를 길쭉하게 또는 짤록하게 반사하고 있었다. 육교 앞에 있는 거대한 거미 조형물은 SF 영화에서처럼 거리를 누빌 기세이다. 천재의 천진난만한 아이디어가 관람객들을 행복하게 만들고 있었다.

미술관 규모가 크다 보니 전시장 내부도 크고 넓었다. 전시된 작품들의 크기도 상상 이상이었다. 마침 미국 작가 리처드 세라Richard Serra가 몇십 톤씩 나가는 철판 코일들을 작품으로 세워 놓았다. "이게 무슨 예술 작품이냐. 그냥 엄청난 크기의 철판 코일이지"라고 해도 할 말이 없을 듯했다. 그런데 그게 아니었다. 두 겹, 세 겹씩 둥글게 말려 들어간 거대한 황토색 철판 사이를 걸으며 느끼는 감각은 원초적인 것이었다. 소라 껍데기 속으로 빨려 들어갔다가 빠져나오는 것처럼 몽롱하게 수렴과 확산을 하는 느낌이었다. 몇 년 전에는 쇠로 만든 100미터 길이의 〈뱀Snake〉이란 작품을 이곳에 전시했다고 한다.

리처드 세라의 작품 말고도 비디오 아트 작가 빌 비올

라^{Bill Viola}를 포함한 초현실주의 작가들의 작품이 각 층의 전시장에 전시되고 있었다.

현재 솔로몬 구겐하임 재단은 아부다비에 새로운 미술관 건립을 추진 중이라고 한다. 우리나라에도 하나 있었으면 좋겠다. 유일한 분단 국가인 한반도에 평화 통일의 날이 온다면, 천재가 설계한 세계적인 건축물이 판문점에 세워졌으면 좋겠다. 그리고 판문점과 가까운 고려 시대의 도읍지 송도, 즉 개성에는 한옥과 전통 거리가 재탄생했으면 좋겠다. 고층 건물이 하나도 없는 아담한 한옥 마을이 송악산 아래에 태어났으면 좋겠다. 평화의 마을에 전 세계 사람들이 찾아오는 그런 날이 빨리 오면 좋겠다.

수도원 성채 폐허에서

성채는
깊은 우물의
벽이 되고

일탈 하루 만에 다시 순례자의 본분으로 돌아왔다. 전날 빌바오 시내에서 하룻밤을 묵은 후, 새벽 일찍 부르고스로 다시 돌아와 부르고스에서 온타나스^{Hontanas}까지 대중교통을 이용해 이동한 후 순례길에 합류했다.

들판 위로 햇볕이 쨍쨍하게 쏟아졌다. 메세타^{Meseta} 지역의 땡볕은 장난이 아니다. 특히 이 시간의 햇볕은 사람을 멍하게 만든다. 가로수 그늘조차 없는 길을 묵묵히 걸었다.

한참을 걷는데 허물어진 나지막한 성벽과 성문이 나왔다. 성벽에서 '루이나스 델 콘벤토 데 산안톤^{Ruinas del Convento de San Anton}'이라고 쓰인 작은 안내판 하나를 발견했다. 영어와 스페인어는 사촌지간이라 무슨 뜻인지 감이 왔다. '성안톤 수도원의 폐허'라는 뜻이 분명하리라.

순간 호기심이 발동됐다. 호기심은 참 좋은 것이다. 호기심을 잃으면 젊음도 잃는다는 말은 틀린 말이 아니다. 옆길로 들어서 폐허로 향했다. 거기서 산티아고 순례길 최고의 보물 중 하나를 발견하게 될 줄 누가 알았겠는가.

폐허가 된 수도원 성곽 안에 돌로 지어진 작은 집이 있었다. 족히 몇백 년은 넘었을 고색창연한 이 집을 알베르게로 사용한다고 했다. 다만 전기도, 수도도, 와이파이도 없고 대신 숙박료도 없단다.

전기와 와이파이가 없는 것은 이해가 됐다. 숙박료는 10유로 정도 기부하면 되니까 그것도 별문제가 되지 않는다. 그런데 온종일 땀 흘린 순례자에게 샤워할 물이 없다는 것은 견디기 어려운 일이었다. 물어보니 도랑에 나가 물을 길어 와 수건에 적셔 닦으란다.

없으니까 불편하다. 하지만 없어서 좋은 것도 많다.

이 말은 분명 역설이다. 그런데 수도원 폐허에서 역설의 지혜를 얻게 될 줄이야.

안을 들여다보니 철제로 된 이층 침대 6개가 달랑 놓여 있었다. 다시 말해 딱 열두 명만 묵을 수 있다는 뜻이다. 여하튼 망설임은 짧았다. 이런 데서 언제 자 볼 것인가. 수백 년 전, 아니 1000년 전 중세 시대 순례자들이 머물던

곳에 와 있는데 무엇을 망설인단 말인가. 수없이 많은 사람들이 머물다가 떠나간 것처럼 나도 잠시 머물다가 떠나갈 것이다.

그래, 구름처럼 왔다가 바람처럼 떠나자.

한바탕 샤워하고 나면 한결 개운해질 텐데 씻지를 못하니 찝찝하고 불편했다. 별수 없이 도랑에 나가 물 한 통 길어 와 수건에 적셔 대충 땀을 닦아냈다. 마당에 나와 평상에 누워 바람에 몸을 말렸다.

알베르게 사무실 입구에 놓여 있는 자료들을 들고 와서 훑어보았다. 약 900년 전에 세워진 이 성채에는 기사들의 수도원과 병원이 넓게 자리 잡았었다고 한다.

산안톤 수도회의 창시자는 이집트 출신의 성자 앤소니 Saint Anthony인데, 부유한 집안 출신인 그는 스무 살에 "온전하기를 원하면 가진 것을 모두 팔아 가난한 사람들에게 주어라"라는 목소리를 영적으로 듣고 그대로 실천했다고 한다. 경건, 금식, 기도만이 인간을 온전함으로 이끌 수 있는 길임을 깨닫고 그 길을 추구했던 구도자였다.

산안톤 수도회는 전염병이 창궐했던 시기에 스웨덴, 스

코틀랜드, 헝가리 등 유럽 대부분 지역에 병원을 설립, 운영하는 등 위세가 대단했다.

무너진 성채의 첨탑에 서 있는 타우* 십자가가 지나온 세월의 풍상을 말해주는 듯했다. 타우는 노예 생활을 하던 히브리인들이 모세의 인도로 출애굽할 때 마지막 징벌이었던 장자 살해를 피하기 위해 문설주에 양이나 염소의 피로 그린 표시기도 하다. 일설에는 예수님이 매달렸던 십자가의 실제 모양이 타우 십자가였다고도 한다. 산안톤 수도원은 이 타우 십자가를 수도원의 심볼 마크로 사용했다.

순례길에 나선 성직자나 왕족은 성채 수도원에서 묵었고, 종자들을 데리고 온 귀족은 성채 근처에 야영지를 따로 마련해 머물렀다고 한다. 이들을 따라온 예술가는 각지에서 올라온 소식과 이야깃거리를 주고받았다. 이 이야기에 문학적인 상상력이 보태져 기적 혹은 전설이 되어 꼬리를 물고 퍼져 나간 것이다.

허물어졌지만 아직 높이 치솟아 있는 성채는 흥망성쇠의 덧없음을 말해주는 듯했다. 마당 한가운데 누워 하늘

---

* Tau. 그리스 문자의 열아홉째 자모.

을 올려다보니 성채는 깊은 우물의 벽이 되었고 파란 하늘은 심연이 되었다.

한참을 하늘을 바라보며 무념무상의 상태로 누워 있었다. 하늘에 떠 있는 것인지, 우물에 빠져 있는 것인지 분간이 되지 않았다. 망중한을 즐기고 있는데 주방에서 음식 만드는 냄새와 소리가 났다. 벌떡 일어나 할 일이 없느냐고 물었더니 마당에 놓인 식탁을 닦고 세팅하는 일을 도와달라고 했다.

알베르게 관리인 로버트^{Robert}는 초로의 스페인 남자였다. 순례자들을 위한 자원 봉사자답게 표정과 말소리가 온화하고 맑았다. 또 다른 봉사자는 호주에서 온 젊은이인데 몸이 날래고 에너지가 넘쳤다. 사 개월간 봉사할 예정이라고 했다. 검은색의 긴 머리칼을 나풀대며 주방과 식탁을 오가는 모습이 집시 카르멘을 연상시켰다.

어둑해질 무렵 열두 명의 순례자와 두 명의 자원 봉사자 등 열네 명이 저녁 식탁에 둘러앉았다. 포도주를 마시며 식사를 하던 중 로버트가 일어나 좌중을 이끌었다. 자기소개와 함께 산티아고 순례길을 오게 된 동기나 걸으면서 느낀 소감 등을 편하게 이야기하라고 했다. 그중 두 사람의 이야기가 관심을 끌었다.

칠십팔 세라고 자기소개를 한 자그마한 몸집의 프랑스 할머니는 빼곡하게 적은 수첩을 내보였다. 프랑스 르퓌Le Puy에서 출발한 지 칠십여 일이 됐단다. 프랑스 중남부를 동서로 관통하여 생장을 지나 피레네산맥을 넘어서 산티아고까지 1,600킬로미터나 되는 길을 걷고 있는데 지금까지 1,100킬로미터 이상을 걸었다고 했다. 나이가 들어 몸이 구부정한데도 대단한 정신력을 가지고 있었다.

또 한 사람은 독일에서 온 훤칠한 농아 청년이었다. 자기 차례가 되자 머뭇거림 없이 일어나 순례길의 감동을 손짓과 발짓 그리고 몸짓으로 진지하게 표현했다. 백 마디의 언어보다 마임으로 전달한 그의 진정성이 큰 감동으로 전해져 왔다.

어둠이 깔리자 공기가 차가워졌다. 로버트가 마무리 발언을 했다.

"이 길에는 신비한 힘이 있습니다. 이 길 위에서 만나 함께 걷고 대화하는 사람들 사이에서 일어나는 놀라운 역

학 작용을 강하게 느낍니다."

　그의 눈가에 순간 옅은 물기가 어리는 것을 보았다.
　민가가 없는 성채 주변에는 불빛이 한 점도 없었다. 그
래서 하늘의 별빛이 더욱 찬연했다. 반구체 모양 하늘에
서 주먹만 한 별들이 콧등에 마구 쏟아져 내려왔다. 없으
니까 불편했지만, 없어서 누리는 것이 더 많았다.

정의의 돌기둥

더 이상의
억울한
마녀사냥이 없기를

꼭두새벽에 길을 나섰다. 지난밤 잠자리에 들기 전 챙겨서 문밖에 내놨던 배낭과 신발은 이슬에 잔뜩 젖어 있었다. 기부금 상자에 10유로를 넣고 산안톤 성채를 떠났다.

으스스하니 날씨가 제법 쌀쌀했다. 달이 동쪽에서 떠서 서쪽으로 지는 것처럼 별들도 밤새 동쪽에서 서쪽으로 이동하기에 엊저녁에 바라본 별자리와 오늘 새벽에 보는 별자리는 많이 달랐다. 어두운 밤하늘의 총총한 별들을 보니 알퐁스 도데Alponse Daudet의 〈별〉이란 아름다운 글이 생각났다.

〈별〉은 산에서 양 떼를 지키는 목동의 이야기이다. 마음속으로 흠모하던 주인집 스테파네트 아가씨가 숲속에서 길을 잃고 헤매다가 목동의 오두막집에 오게 된다. 계곡물이 범람해 마을에 내려갈 수 없게 된 아가씨는 별을 바라보며 목동과 함께 오롯이 밤을 보낸다.

"사랑의 불길로 가슴이 활활 불타는 것 같았지만 티끌만큼도 나쁜 마음을 품지 않았다"며 양치기 목동은 어른이 된 훗날 회상한다. 목동과 비슷한 나이, 감수성이 풍부했던 중학생 사춘기 시절 읽은 글이라서 그런지 기억에 오래 남아 있다.

목동과 스테파네트 아가씨가 바라보았던 보석 같은 별들을 머리 위에 이고 걸어가고 있다. 〈별〉에 나오는 '성 야곱의 길'은 바로 이 산티아고 순례길을 말한다. 길은 은하수가 되어 어두운 밤하늘에 강물처럼 흐르고 있었다. 여기저기서 별똥별들이 긴 꼬리를 그리며 떨어지고 있었다.

등 뒤에서 어스름을 헤치며 태양이 용트림하듯 치솟아 올랐다. 태양이 떠오르는 모습은 언제 어디서 보아도 가슴이 벅차다. 그림자를 앞으로 길게 드리우며 가로수도 없는 메세타평원 길을 숙명처럼 걸었다.

캄캄한 새벽에는 별을 이고 걸었는데 이제부터는 뜨거운 태양을 이고 걸어야 한다. 31.5킬로미터나 되는 단조롭고 지루한 길을 온종일 걸었다.

죽을 만큼 지루하고 힘들어질 때서야 가까스로 목적지인 프로미스타Frómista 마을에 도착할 수 있었다. 숙소인 엔엘 카미노En el Camino의 한쪽은 호텔이었고, 다른 한쪽은 알베르게였다. 수영장이 딸린 정원에는 바르가 있었는데 호텔 투숙객과 순례자 들이 뒤섞여 있었다.

혈기 넘치는 젊은이들이 몰려 있는 탓일까. 이곳은 더 이상 영성의 길 운운하는 순례길이 아니었다. 피서지에서 나 느낄 수 있는 열기로 잔뜩 달뜬 분위기였다. 젊은 남녀 들이 헤어졌다 다시 만났는지 반갑다며 서로 얼싸안고 왁 자지껄하게 떠들었다.

산티아고 순례길은 반드시 순례자의 길만은 아니다. 장 거리 트레킹 코스가 될 수도 있고, 자전거 길이 될 수도 있 고, 저렴한 여행 코스가 될 수도 있고, 이성을 찾아 나선 애정의 길이 될 수도 있다.

단조롭고 지루한 땡볕 길을 걷느라 어찌나 수고했는지 산미구엘 생맥주 그란데 한 잔으로는 성에 안 찼다. 연거 푸 두 잔을 마시니까 말랐던 온몸의 세포들에게 어느 정 도 수분이 전달된 느낌이었다. 마을을 돌아보려고 나섰 다. 주민들이 떠나 버린 빈집이 많아서 썰렁했다.

마을 중앙에 있는 산타마리아Santa Maria 성당 앞 광장에서 심상치 않은 석주石柱를 발견했다. 엘 료예 후리스딕시오날 El Rolle Jurisdiccional. 소위 '정의의 재판'이라고 불리는 석주에

여러 문양이 다채롭게 새겨져 있었다. 이곳은 판결과 징벌 등 종교 재판이 시행됐던 곳이었다. 자연스럽게 악명 높았던 마녀사냥이 떠올랐다.

14세기 들어 유럽 사회는 큰 혼란에 빠졌다. 흑사병이 무섭게 퍼지면서 죽음에 대한 불안감과 공포는 커져만 갔다. 집, 교회, 병원 가릴 것 없이 어두운 죽음의 그림자가 온 세상을 덮쳤고 사람들은 자연히 민간 주술이나 비밀 종교 의식에 의존하게 되었다. 그들 대부분은 악마와의 계약을 맺은 하수인 혹은 마녀로 몰려 종교 재판소의 모진 심문을 겪고 화형장에서 목숨을 잃었다.

반유대주의와 이슬람 축출이 기승을 부리며 개종하지 않는 사람들에 대한 심판도 종교 재판소의 몫이 됐다. 스페인은 유대인과 이슬람교도가 특히 많았던 탓에 종교 재판이 가장 성행한 나라 중 하나였다.

타락한 국가 권력과 종교 권력에 의해 억울하게 희생된 사람들은 누명을 쓰고 혹독한 고문을 당한 후 말뚝에 묶여 산 채로 화형에 처해졌다. 비이성적인 권력이 정의라는 이름으로 자행한 무자비한 집단 폭력이었다.

1995년, 교황 요한 바오로 2세는 종교 재판소에 의해 무고하게 희생된 이들에게 공식적으로 사과하고 잘못을 인정했다. 이 세상에 마녀사냥만큼 황당하고 억울한 일이 있을까. 혹시 지금 이 시대에도 마녀사냥이 아직 자행되고 있지는 않을까.

돌기둥을 만지며 간절히 기도했다. 더 이상의 억울한 마녀사냥이 없기를.

단순함

아, 행복하다

열여드레째 날. 카리온 데 로스 콘데스^{Carrión de los Condes}까지 21킬로미터를 땡볕 아래 걸었다. 새벽어둠 속을 뚫고 텅 빈 마을을 빠져나와 들판 길에 들어섰다. 새벽 공기는 깊은 산속 옹달샘처럼 차고 맑았다.

"아! 행복하다"라는 말이 나도 모르게 입 밖으로 튀어나왔다. 매일 매일이 지치고 힘든데 왜 행복하다는 말이 절로 나왔을까. 마음에 군더더기가 없기 때문일 것이다. 온종일 걷는 것 외에는 할 일이 없는 단순한 생활을 하고 있기 때문일 것이다. 무엇을 먹고 무엇을 입을지 크게 염려하지 않아도 되기 때문일 것이다. 이런 단순함 때문에 그렇게 외쳤을 것이다.

순례길 위에서의 일과는 지극히 단순하다. 걷기 위해서 먹고, 걷기 위해서 잔다. 걷는 것 외에는 특별히 다른 셈법이 없다. 걷다가 힘들면 가까운 알베르게를 찾아 들어가 씻고 먹고 자면 그만이다. 이 단조로움과 단순함이 충일감을 불러일으킨다. 차고 넘치는 생활에서 오히려 불평불만이 생기고 싸움이 생긴다. "마음이 가난한 자는 복이 있나니……" 그 말씀이 진리임을 깨닫는다.

'단순함Simplicity'하면 화가 장욱진 선생이 생각난다. 살아
생전에 "나는 심플하다"는 말을 입에 달고 사셨다는 그는
돌아가신 후의 비석에도 '나는 심플하다'라고 새기셨다고
한다.

그의 그림 세계는 단순하다. 나무와 새, 집과 가족이 그
림의 소재다. 그림 자체도 소박하다. 큰 그림은 없다.

인사동 갤러리에서 개최된 장욱진 선생 탄생 100주년
기념 전시회 개막식에 참석해 따님의 설명을 들으며 그림
을 감상한 적이 있다. 선생은 평생 돈이 되는 일에는 관심
이 없었다고 했다. 부인은 그런 남편을 이해해주고 경제
적으로 무능한 가장을 대신해 가족들의 생계를 도맡아 고
생하셨다.

화백은 평생 자기를 이해해준 사랑하는 아내의 모습을
그림으로 남겼다. 〈진진묘眞眞妙〉라는 그림이었다. 단순함
의 극치이자 원숙함의 극치였다. 따님의 설명에 의하면
아버지가 가장 정성을 들인 그림 중 하나라고 한다.

호주 북부 지역의 사막을 열흘 정도 걸은 적이 있다. 거친 황야에 민둥산 산맥이 뻗어 있는 라라핀타^{Larapinta} 지역이었다. 광활하고 거친 이곳은 세계 각지에서 트레커들이 찾아오는 도전적인 트레킹 코스다. 너른 사막과 거친 산맥도 인상에 남았지만, 가장 의미 있었던 일은 현지 가이드의 도움으로 원주민을 만나 이야기를 나누는 기회를 얻은 것이었다.

5만 년도 더 이전에 호주 대륙으로 건너와 터전을 잡은 호주 원주민^{Aborigine}들은 이주한 지 200년도 안 된 백인 이주민들에 의해 생활 공간을 침탈당했다. 호주 정부는 원주민 보호 정책의 일환으로 이주 지원금과 교육, 의료의 기회를 주고 있지만, 무엇을 받든 원주민들은 자신들의 터전을 잃어 가고 있는 셈이다.

원주민을 만났을 때 이렇게 물었다.

"정부가 주는 돈을 가지고 전기와 수도가 있는 편한 곳에 가서 살면 좋지 않겠냐."

원주민은 말했다.

"왜 우리가 거기에 가서 살아야 하느냐. 할아버지의 할

아버지의 할아버지가 여기에서 살았고, 손자의 손자의 손자가 여기에서 살아갈 터인데."

그러면서 지금 여기에 속해 있듯 자신은 죽은 후에도 여기에 속해 있을 것이라고 했다.

호주 원주민들의 생활 방식은 일반적인 현대 사람들의 그것과는 너무나도 다르다. 있는 그대로의 자연 속에서 식량을 채취하고 수렵하면서 살아간다. 농사를 짓거나 가축을 기르지 않는다는 말이다. 그러려면 땅이나 가축을 소유해야 하는데, 소유는 욕심을 낳고 욕심은 분쟁을 낳기 때문이란다. 그러면서 사막이나 산에서 보이지 않는 물이 흐르는 소리를 듣는 방법, 식량이나 약재를 채취하는 법, 동물의 발자국이나 똥을 보고 언제 무슨 동물이 지나갔는지 알아내는 방법 등을 우리에게 설명해주었다.

바위 곳곳에는 그들의 조상들이 적어 놓은 방향 표시가 암호처럼 새겨져 있었다. 보이지 않는 물을 구할 수 있는 곳, 약재와 식재료를 채집할 수 있는 장소, 사냥터 등이 표시된 일종의 약도와 그림이었다. 요즈음 이 그림들이 세계적으로 각광받고 있다고 한다.

시내에 나와서 원주민 화가들의 그림을 전시해 놓은 미술관을 찾아가 그들의 작품을 감상했다. 아주 단순하고 단조로웠지만 자연과 소통하는 원숙함이 그 안에 있었다.

집시 악단 이야기

파소 엔트레 파소,
싸목싸목

순례자의 하루는 보따리를 꾸리는 데서 시작한다. 그래서 삼사십 명이 함께 잠을 자는 알베르게에서는 새벽 다섯 시가 조금 넘으면 여기저기서 얼리 버드들이 일어나 바스락대는 소리가 난다. 아직 자고 있는 사람들에게 피해를 주지 않으려고 살금살금 움직인다. 그러나 아무리 조심스럽게 움직여도 새벽 시간에 철 침대의 삐걱대는 금속성 소리는 유난스럽다.

순례자의 살림살이라야 보잘 것 없다. 침낭, 세면 도구, 내의 두 벌, 외투 두 벌, 양말과 비옷, 선글라스와 모자, 필기구 등이 전부다. 그렇지만 어느 하나 필요치 않은 게 없다.

어둠 속에서 꼼지락대며 배낭을 싸는 탓에 모든 물건을 제대로 챙겼는지 의심이 들 때가 많다. 답답해서 짐을 몽땅 끌고 나와 불빛이 있는 사무실이나 복도에서 챙긴 적도 있다. 허둥대는 모습이 딱했는지 나이 지긋한 자원 봉사자가 '파소 엔트레 파소Paso entre paso'라는 스페인어를 가르쳐주었다. '천천히, 천천히'라는 뜻이다.

"파소 엔트레 파소."

어감이 참 좋다. 같은 뜻으로 '싸목싸목'이란 남도 사투리가 있다. 처음 들었을 때 어감이 참 따뜻하다는 느낌을 받았다. 다들 '파소 엔트레 파소' '싸목싸목' 하면서 살면 안 될까.

아무 생각 없이 걷고 있는데 멀리서 음악 소리가 들려왔다. 갈랫길 길목에서 바이올린을 켜는 남자와 아코디언을 연주하는 여자가 버스킹을 하고 있었다. 한눈에 집시 부부라는 것을 알 수 있었다. 지친 다리도 쉴 겸 기꺼이 관객이 되어 박수도 치고 "브라보!" 소리도 지르며 추임새를 넣었다. 그들도 신명이 나는지 서너 곡을 신바람 나게 연주했다.

집시들은 유럽 전역에 퍼져 있는데 불가리아, 루마니아, 헝가리 등 동구권 지역과 스페인에 특히 많이 거주한다. 한국 사람들에게는 집시에 대한 묘한 동경이 있다. 틀에 얽매이지 않고 자유분방하며 정열적인 보헤미안 기질을 부러워하기까지 한다.

그러나 유럽에서 집시는 부랑인으로서의 부정적인 이미지가 더 강하다. 그래서 독재자 히틀러에 의해 자행된 인류 역사상 가장 반인륜적인 인종 청소 때 유태인 다음으로 많은 100만 명이 희생됐다.

집시들은 음악적 재능을 타고났다고 한다. 이들은 악보 없이 연주를 한다. 집시 음악은 흥겨운 것도 있지만 가슴이 저미는 애조 띤 음악이 더 많다. 스페인의 플라멩코 음악과 춤이 이들의 영향을 많이 받았다. 플라멩코는 북부 아프리카 아랍 민족의 애수와 집시의 정열이 혼합된 결정체라고 할 수 있다. 내가 특히 좋아하는 파두도 그렇다. 오페라에도 집시가 많이 등장하는데, 대표적인 것이 비제의 〈카르멘Carmen〉이다.

집시에 대한 이야기가 하나 있다. 인도 북부 지역 어느 마을에 먹고 마시고 노래하고 춤추며 놀기만 좋아하는 사람들이 살았다. 그 이야기를 전해 들은 임금님은 그 마을을 찾아갔다.

"일은 안 하고 놀기만 하면 어쩌냐."

임금님의 질책에 마을 사람들이 진언하였다.

"임금님과 나라를 위해 정성껏 기도하며 고사를 지내

겠습니다."

그들을 기특하게 여긴 임금님은 곡식과 가축들을 넉넉하게 하사했다.

1년 후, 마을 사람들이 어떻게 지내는지 궁금했던 임금님이 그 마을을 다시 찾아가 보니 사람들이 다들 삐쩍 말라 있었다. 하사받은 곡식과 가축을 진탕 먹고 마시는 데다 써 버린 후 마냥 굶고 있었던 것이다.

화가 난 임금님은 마을 사람들을 나라 밖으로 추방했다. 뿔뿔이 흩어진 사람들은 유럽 여기저기로 흘러 들어갔는데, 이들이 바로 집시라고 한다.

상상력이 가미된 이야기이지만 집시에 대한 비하가 깔려 있다. 실제로 집시라는 표현은 모욕적이고 인종 차별적인 표현으로, 공식적인 자리에서는 사용하지 않는 것이 관례이다. 집시 대신 로마Roma 또는 로마니Romany를 사용해야 한다.

유럽에서 근무하던 시절, 무역 사절단과 함께 세르비아의 수도 베오그라드를 방문한 적이 있다. 베오그라드 상공 회의소에서 주최한 만찬이 전통 레스토랑에서 열렸는데, 식사 도중 집시 악단이 들어왔다. 집시 여인 한 명과 바이올린을 켜는 남자 악사 두 명이었다. 다소 딱딱했던 식사 분위기가 이들의 춤과 노래로 한순간에 고조됐다.

공연이 끝나고 수고했다며 팁으로 40달러를 건넸다. 이 레스토랑 저 레스토랑, 이 식탁 저 식탁을 돌며 노래와 춤을 선보인 후 1달러나 2달러 받는 게 고작인데 갑자기 큰돈을 받아 무척 놀란 표정이었다. 나는 사절단을 대표해서 줬는데 그들에게는 너무 많은 액수였던 모양이다.

보상하려고 그랬는지 집시 악단은 대여섯 곡을 더 연주했고 여인은 내 자리를 중심으로 빙빙 돌며 춤추고 노래했다. 베오그라드 상공 회의소 대표가 나를 보며 빙긋 웃고 있었다. 왜 웃느냐고 물으니 당신이 마음에 들었는지 유혹하고 있다며 노래 가사를 해석해줬다.

꽃이 있으면 뭐하나, 임이 있어야지.
술이 있으면 뭐하나, 임이 있어야지.
음악이 있으면 뭐하나, 임이 있어야지.

노을 같은 한 편의 아름다운 추억

그대여
아무 걱정하지 말아요

시월에 접어들면서 새벽녘 기온이 뚝 떨어져 공기가 제법 차졌다. 그러나 한낮의 땡볕은 가차 없이 위세가 등등했다.

스무하루째 되는 날, 엘 부르고 라네로El Burgo Ranero까지 32킬로미터를 걸었다. 하룻밤 신세를 진 모라티노스Moratinos는 작은 마을이었다. 새벽에 골목길을 빠져나오면서 보니 규모는 작았지만 아주 독특한 개성이 있었다. 진흙과 밀짚을 섞어 전통 방식으로 지은 나지막한 토담집들의 기둥이나 벽이 묘하게 비틀어져 있거나 휘어져 있었다. 집을 지을 때부터 비틀과 휨의 미학을 적용한 것이 보였다. 반듯하게 지으면 훨씬 쉬웠을 텐데 왜 비틀어서 지었는지 궁금했다.

그런데 창문이나 대문에 X자 형태로 못질이 되어 있는 집이 많았다. 사람이 떠나서 온기가 사라진 집들은 흉물스러웠다. 가슴이 시려 왔다. 우리나라 시골이나 섬마을의 폐교된 초등학교 교정에서 느꼈던 그런 쓸쓸함이었다. 천진난만한 어린아이들의 웃음소리는 어디로 사라졌을까.

산티아고에 이르는 길을 숱하게 많은 순례자들이 걷고 있지만 걷는 사람마다 다른 느낌을 받고 다른 경험을 할 것이라는 생각이 들었다. 같은 길이라 할지라도 계절별로, 어두울 때와 동틀 때 그리고 한낮 땡볕 아래와 저녁 붉은 노을 질 때 등 시간대별로 모습이 다르기 때문이다.

중세 가톨릭교회의 중심지로서 성당과 유적 들이 많기로 이름난 사아군Sahagun을 꼭두새벽에 통과했다. 그냥 지나치는 바람에 사진도 한 장 없고 기억에 남는 것도 전혀 없었다.

쭉 뻗어 있는 메세타평원 길을 하염없이 걸었다. 간혹 바람이 불어오면 길가에 뜨문뜨문 서 있는 가로수에서 살랑대며 손짓해주는 나뭇잎 외에는 아무것도 없었다. 그림자와 함께 걷고 있는 나만 있을 뿐이었다.

바쁜 도시 생활을 할 때는 있는지 없는지 존재 자체를 모르고 지냈던 그림자가 길 걷는 내내 동행해주었다. 행여 내가 외로울까 봐 그랬나 보다. 그림자는 오전에는 건방지고, 오후에는 겸손해졌다. 동틀 무렵에는 내 키보다 몇 배나 되는 크기를 뽐내며 앞장서서 걸었다. 정오가 되

면 발밑에 납작 옴츠려 있다가 오후가 되면 지쳤는지 슬슬 뒤쪽으로 처져서 따라왔다.

산티아고 순례길은 여럿이 걸어도 결국 혼자 걷는 것이라고 한다. 그리고 혼자 걸어도 결코 혼자 걷는 것이 아님을 깨닫게 해준다고 한다. 그림자까지 염두에 두고 하는 말이었나 보다.

목적지에 도착한 후 온종일 걷느라 지친 몸을 씻고, 포도주를 곁들인 저녁 식사를 한 다음 마을 산책에 나섰다. 공터에 한 무리의 사람들이 기타 반주에 노래를 부르고 있었다. 슬쩍 끼어들어 손뼉 박자로 거들었다.

사람들이 흩어지자 기타 연주자가 대뜸 한국인이냐고 물어 왔다. 그렇다고 하니까 내가 머무는 알베르게에 다른 한국인들도 있느냐고 물었다. 세 명 정도 있다고 하니 다 같이 나와서 한국 노래를 부르자고 제안했다.

그는 자기는 프랑스 사람이고 이름은 파스칼Pascal이라며 기타를 메고 산티아고 순례길을 걷는다고 소개했다. 오십 대 중반인 파스칼은 전라도 순천에 친구가 있어 삼개월 정도 한국에 체류한 적이 있다며, 그때 한국 노래와 한국어를 조금 배웠다고 했다.

파스칼은 한국 노래 악보가 20개 정도 들어 있는 작은 크기의 노트북을 꺼내 악보를 보며 기타 반주를 했다. 가사 뜻은 전혀 모른다고 했다. 그러나 세종대왕께서 만드신 한글은 정확히 읽을 수 있다고 했다. 순례길에서 만난 프랑스 사람이 한글이 세계 최고의 글자라고 극찬하며 한국 노래가 정말 좋다고 하니 괜히 어깨가 으쓱해졌다.

기타 반주에 맞춰 "아빠가 출근할 때 뽀뽀뽀, 엄마가 안아줘도 뽀뽀뽀"로 시동을 건 즉석 음악회는 심수봉의 〈사랑밖에 난 몰라〉에 이어 김수희의 〈남행열차〉로 빠졌다. 그러더니 자기가 좋아하는 노래라면서 자전거 탄 풍경의 〈너에게 난, 나에게 넌〉과 같은 고난도의 서정적인 노래에 이어 전인권의 〈걱정 말아요, 그대〉까지 나아갔다.

〈걱정 말아요, 그대〉는 내 노래였다. 우리나라 정국에 거센 쓰나미가 밀려오던 시기 이 노래를 불렀다. 가을 체육 대회와 송년회 자리에서 내가 선창하면 직원들이 떼창으로 함께 불렀던 노래이기도 했다. 모든 것을 털어 버리기 위해 떠나온 산티아고 순례길이었는데, 이 노래를 이역만리 떨어진 이곳에서 부르게 되다니…….

돌이켜 보니 모든 것이 해 질 녘 노을처럼 한 편의 아름다운 추억이자 후회 없는 소중한 그림으로 남아 있었다.

빨간 굴뚝 위의 닭

베드로가
얼마나
두려워했는지

스무이틀째 되는 날에는 레리에고스^{Reliegos}까지 15킬로미터 정도 아주 짧게 걸었다. 순례자들이 걷는 오솔길이 자동차 도로와 평행을 이루며 끝도 없이 뻗어 있었다.

이른 새벽 걷기에 나서면 여기저기 밤새 쳐진 거미줄에 얼굴이 걸리곤 했다. 거미에게는 미안했지만 지팡이로 휘저으며 나아가야 했다.

문득 거미는 천재라는 생각이 들었다. 공중에서 방사선 모양의 집을 짓는 천부적인 재능을 타고났다. 안분지족을 아는 현자라는 생각도 했다. 먹이에 욕심을 내서 그물을 촘촘하게 엮는 미련한 짓은 하지 않는다. 숭숭하게 공간을 두어 비바람을 견뎌 내는 지혜를 본능적으로 알고 있다.

아프리카 에티오피아에서 열린 행사에 참석했을 때 '거미줄이 뭉치면 사자를 묶을 수 있다'라는 에티오피아 속담을 인용한 적이 있다. 합심단결을 강조하는 말이었다. 역시 속담은 동서양을 막론하고 삶의 지혜를 촌철살인으로 드러낸다.

작은 마을을 지날 때였다. 아주 짧은 찰나의 순간이었다. 시골집 빨간 벽돌 굴뚝 꼭대기에 있는 닭 모양의 구리 장식물에 내리꽂힌 햇살이 섬광처럼 반사되어 내 눈을 찔렀다. 그 순간, 햇살을 받은 닭이 황금빛으로 빛났다.

닭 울음은 새벽을 연다.

"이 밤, 닭이 울기 전에 네가 세 번 나를 부인하리라."

예수님의 말씀에 베드로는 이렇게 말했다.

"주와 함께 죽을지언정 부인하지 않겠나이다."

절대로 그런 일은 없을 거라고 호언장담했지만 사실은 두려웠던 그는 주변 사람들이 다그치자 겁에 질려 예수를 모른다고 강하게 부인했다.

예수를 저주하며 "나는 그 사람을 알지 못한다"고 세 번째 부인하는 순간, 어둠 속에서 닭 우는 소리가 들려왔다. 그 소리를 들은 베드로는 자신의 실수를 깨닫고 밖으로 나가 통곡했다고 한다.

베드로가 얼마나 두려워했을지, 얼마나 후회하며 울었을지 이해가 된다. 예수님은 두려움 때문에 믿음이 얼마나 취약해질 수 있는지를 새벽 닭 울음으로 보여주셨다.

그러나 베드로의 믿음은 이 과정을 통해 오히려 더 강해졌으리라. 베드로에게 더 이상의 배신은 없었다. 늘그막까지 전도하다가 끝내 십자가에 거꾸로 매달려 순교당할 때까지.

추수가 끝난 후 속살을 드러내 놓은 스페인의 넓은 대지는 이른 아침 햇살을 맞아 붉은빛을 띠고 있었다. 이 빛깔의 땅을 다른 곳에서도 본 적이 있다. 아프리카의 우간다 땅이 그랬다. 빅토리아 호수를 품고 있는 우간다는 붉은 황토로 지은 집들이 초록 숲과 조화를 이루며 강렬한 색채의 대비를 뿜어낸다.

요구르트로 유명한 불가리아도 땅이 붉다. 불가리아는 공기 중에 유산균 효모가 많아 흙이 달다고 한다. 반대로 독일은 숲이 많아서 그런지 흙이 검은색에 가깝고 흙에서 쓴맛이 난다고 한다.

붉은빛의 스페인 흙에서는 어떤 맛이 날까. 매운맛이 날 것 같다. 뜨겁게 작열하는 햇살에 대지가 온통 신열을 앓고 있으니 말이다.

한가위 보름달

아, 라이베리아

추석 하루 전날이자 걸은 지 스무사흘째 되는 날, 레리 고스에서 레온León까지 28킬로미터를 걸었다. 신새벽 어둠 속에 둥근달이 서쪽으로 기울고 있었다.

사계절이 있고 산자수려한 우리나라에는 없는 게 없을 정도로 거의 모든 것이 갖춰져 있다. 굳이 없는 것을 꼽자 면 지평선이 없다. 그리고 사막이 없다. 쟁반 같은 커다란 둥근달이 지평선 너머로 뚝뚝 떨어지는 정경도 한국에서 는 기대할 수 없는 장관이다.

보름 하루 전날인 음력으로 열나흗날 또는 그날 밤의 달을 기망既望이라고 하고, 보름 다음날인 음력 열엿샛날도 기망既望이라 한다고 고등학교 때 국어 선생님이 가르쳐주 셨다. 열나흗날의 기망은 둥근달이 왼쪽으로 덜 채워져 있고, 열엿샛날의 기망은 오른쪽이 조금 이지러져 있다는 차이가 있다고 했다.

꽉 찬 만월보다 어딘가 조금은 부족하고 덜 채워졌거나 이지러진 달을 아꼈던 옛 선비들의 마음가짐과 눈썰미를 엿볼 수 있다고 선생님은 설명하셨다. 그때는 정말 이해

되지 않았던 그 말이 나이 들어가면서 조금씩 이해가 되고 있다.

한가위 둥근달을 바라보며 걷자니 서울에 두고 온 식구들 얼굴이 떠올랐다. 그립다. 보고 싶다. 보름달이 나를 속절없이 향수에 젖게, 추억에 빠지게 만들었다.

해외 근무 때문에 명절을 낯선 타국 땅에서 보낸 적이 많다. 그런데 유독 추석에 더 많은 향수를 느꼈다. 바로 저 보름달 때문이리라. 커다란 달에 아련한 추억들이 담겨 있었다. 혼자 걷는 길이라서 그런지 아프리카에서 고생했던 시절이 떠올랐다.

아프리카 대륙 서쪽 짱구 머리 뒤통수 부분에 위치한 라이베리아는 내 첫 해외 근무지다. 근무 환경과 생활 여건 모든 것이 어렵고 힘들었다. 인생에 있어 또 하나의 아리랑 고개였다.

임지에 도착한 지 일주일째 되던 날, 열일곱 명의 부사관과 사병 들이 주동한 쿠데타가 일어나 피비린내 나는 소용돌이에 휩쓸렸다. 이들은 4월 8일 부활절 밤에 대통령 궁을 기습하여 대통령을 시해하고 장차관을 해변에서

참수한 후 상당 기간 시체를 전시했다. 무정부 상태의 혼란은 이 개월 가까이 지속됐고 철수하지 못한 외국인들의 피해는 커져만 갔다.

부사관과 사병 들이 군사 쿠데타를 일으켰다는 것은, 소가 웃을 일이라고 여기겠지만 역사의 응보였다. 미국에서 해방된 일단의 흑인 노예들은 선조들의 고향인 아프리카 대륙으로 무작정 돌아가서 나라를 세웠는데, 그것이 라이베리아다. 그래서 나라 이름도 '자유'를 뜻하는 리버티Liberty에서 나왔다.

문제는 새로 이주해 온 해방 노예 흑인들이 원주민 흑인들을 노예 취급하며 나라를 운영했다는 것이다. 5퍼센트도 되지 않는 이주 흑인 후손들이 95퍼센트의 원주민 흑인들을 다스린 셈이다.

원주민 출신이 올라갈 수 있는 최고 계급이 상사였다. 결국 이 쿠데타는 이주 흑인들의 탄압에 저항한 원주민들의 성공적인 반란이었다.

아내와 나는 무정부 상태에서 살아남기 위해 여러 차례 고비를 넘겨야 했다. 생명의 위협을 느껴 온 가족이 대사

관저로 피신하기도 했고, 한밤중에 불을 지른다고 해서 욕조에 물을 받아 놓고 밤새 긴장하며 대치한 적도 있다. 식량을 구하러 변두리 농촌 지역으로 나갔다가 봉변을 치르기도 했다.

그뿐만이 아니었다. 풍토병인 말라리아가 텃세를 심하게 부렸다. 마늘을 먹고 사람이 된 곰 할머니 덕분에 한국 사람은 면역력이 강한 편이라고 하지만, 면역력이 조금이라도 떨어지면 말라리아는 영락없이 찾아왔다.

한번은 이런 일도 있었다. 정말 나 자신이 싫어 울분이 터졌던 날이었다. 체력에 자신이 있었는데도 불구하고 말라리아에 걸리는 빈도는 늘고, 몸무게는 줄어만 갔다. 그래서 퇴근 후 체력 관리를 위해 집에 돌아와 반바지만 입고 조깅을 시작했다.

달리기 시작한 지 두 달 정도 된 어느 날이었다. 군인 다섯 명이 M16 소총을 겨누며 나를 멈춰 세웠다. 비행장은 보안 시설인데 내가 스파이 노릇을 했다는 것이었다. 나는 필사적으로 주장했다. 우리 집하고 연결된 비행장 바깥 울타리를 따라서 뛰었을 뿐이다. 스파이 아니다. 하지만 그들은 막무가내였다. 신분증을 제시해 봐라. 지금 반

바지만 입고 있는데 신분증이 어디 있느냐. 의심스럽다면 우리 집에 같이 가자.

아무 소용없었다. 현행범으로 체포하겠다는 소리만 돌아왔다. 두 놈이 총구로 등을 국국 밀어 대기 시작했다. 따라갈 테니 총 치워라. 안 된다. 한국 사람들은 태권도를 하니까. 네 몸매 이소룡 같다. 고맙다, 이놈들아.

웃통을 벗은 반바지 차림의 동양인이 군인 다섯 명에게 에워싸여 끌려가는 진풍경을 마을 주민들이 놓칠 리가 있겠는가. "스파이 잡았대……." 하면서 무리 지어 뒤따라왔다.

땅거미가 지기 시작했다. 한참을 가던 중 파출소가 보였다. 그때 기지를 발휘했다. 나 오줌 마렵다. 오줌 좀 누고 가야겠다. 아무 데서나 해라. 싫다. 저기 파출소 가서 누겠다. 그래라. 파출소에 들어가자마자 파출소장을 찾았다. 상황을 간단히 설명하고 대사관에 연락해 신분 확인을 부탁했다.

하나님이 보우하사, 파출소장은 결과를 군인들에게 설명해줬고 군인들은 닭 쫓던 개 지붕 쳐다보듯 나를 바라보면서 못내 아쉬워했다. 베잠방이에 방귀 새어 나가듯 구경꾼들도 한순간에 사라졌다.

끌려갔던 길을 터벅터벅 되돌아왔다. 밤하늘에 떠오른 달이 길을 비춰주며 위로하는 듯했다. 보름 무렵의 바로 저 둥근달이었다. 가슴 속에는 터지지 못한 화산과 차가운 얼음 빙산이 마구 부딪치고 있었다. 늦도록 돌아오지 않는 남편을 기다리는 아내의 마음도 까맣게 타들어 갔으리라.

무슨 일이 있었느냐며 묻는 아내에게 아무 말도 하고 싶지 않았다. 정말, 정말, 내가 싫다. 울분이 터져 나왔다.

우리 식구에게 아프리카에서 보낸 3년 3개월은 애환이 범벅된 아주 특별한 기간이었다. 아프리카에서 태어난 아들 녀석은 그곳에 각별한 유대감과 연민을 가지고 있는지 자랑스럽게 라이베리아 몬로비아를 출생지 란에 적고 유로파 리그에서 활약하고 있는 아프리카 출신 축구 선수들을 줄줄 꿰고 있는가 하면, 텔레비전을 통해 열악한 상황에 있는 아프리카 어린이들을 보면서 가슴 아파하기도 한다.

아프리카를 떠나온 지 꽤 긴 세월이 지났는데도 매년

추석 때면 시린 눈으로 둥근달을 바라보았던 그때 그 시절을 회상하곤 한다. 지금도 가족을 떠나 혼자 길을 걸으며 달을 보고 있어서 그런지 마음에 그리움이 물씬 스며들었다.

모두 그립다. 가족들이, 지나온 세월이 그립다.

악보에도 쉼표가 있다

거기
누구 없소

악보에 쉼표가 있듯 순례길에서도 하루 정도는 푹 쉬어
봐야겠다고 생각했다. 쉼표는 레온으로 정했다. 작정하고
한국의 추석과 레온의 축제가 겹치는 날을 잡아 입성했다.

레온으로 시집온 금순 씨가 운영하는 민박집에 일주일
전쯤 예약을 했다. 〈카미노의 친구들 연합〉이란 카페에
금순 씨 부부의 결혼식 사진이 올라와 있어서 젊은 사람
일 거라고 생각했는데, 민박집에 와 보니 그 사진은 35년
전에 찍은 거란다.

이런들 어떠하며, 저런들 어떠하리. 육십 대 초반의 금
순 씨가 한식으로 저녁을 차려주었다. 흰 쌀밥에 된장찌
개, 닭볶음, 총각김치, 배추김치, 나물 무침, 김과 조림 반
찬 등이 식탁에 그득했다. 길 떠난 지 이십여 일 만에 처음
먹어 보는 한식이었다. 역시 한국 사람은 한국식 발효 음
식을 먹어야 한다. 간만에 포식했다. 순례길 나그네가 명
절날 이렇게 호강할 줄이야.

레온은 사자라는 뜻이다. 그래서인지 앞발을 들고 서

있는 사자가 새겨진 깃발이나 문장이 시내 곳곳에 있었다. 이곳은 레온 왕국의 수도이기도 했는데, 유네스코 세계 유산에 등재될 정도로 사자의 위용을 갖추고 있다. 세계적으로도 이만큼 기품 있는 도시는 흔치 않겠다는 생각이 들었다.

축제일이라 그런지 도시 전체에 활기가 넘쳤다. 산프로일란San Froilán 축제는 레온에서도 거행되지만 외곽 지역인 라 비르겐 델 카미노La Virgen del Camino에서 공식 행사가 개최된다고 했다. 친절한 금순 씨의 안내를 받아 행사장까지 가는 셔틀버스를 탔다.

축제는 아침 열 시에 화려하게 개막됐다. 축제에 빠질 수 없는 것이 퍼레이드다. 악대를 앞장세운 행진이 시가지를 한 바퀴 돌아 바람을 잡으며 광장으로 들어왔다. 광장에는 화려하게 장식한 꽃마차에 진열된 각종 과일과 특산품, 포도주 들이 큰 장마당을 이루고 있었다. 알록달록 전통 의상을 입은 소년 소녀 들이 마차에서 손님을 맞는 모습이 아름다웠다. 남녀노소 흥겹게 참여하는 스페인의 축제가 정말 부러웠다.

상업주의의 영향인지 우리나라 젊은이들이 핼러윈 파

티 등 외국 문화를 무분별하게 받아들이는 경향이 갈수록 짙어지고 있는데, 한국의 전통 문화와 의상, 축제가 면면히 이어지고 전국적으로 활성화되면 좋겠다는 생각이 간절했다.

　교회 입구로 들어서는 벽에 줄이 길게 늘어서 있어 살펴보니 볼품없게 삐쩍 마른 프로일란 성자의 주조물이 있었다. 교회에 들어가는 사람마다 성자의 코를 잡아서 그런지 코가 반질반질 윤이 났다. 콧대가 상당히 깎여 나간 느낌이 들어 순간 안쓰럽다는 생각마저 들었다. 하필이면 왜 코를 잡을까.

　근래에 지어진 단아한 교회 안에서 특별한 십자가를 발견했다. 십자가에 매달린 예수님의 모습을 전혀 다른 느낌으로 해석한 모던한 철 세공 십자가였다. 역시 예술가의 창작성은 위대하다. 산티아고 순례길에서 만난 수많은 십자가 중 다섯 손가락 안에 꼽힐 정도로 인상적이었다. 참배객들이 십자가에 매달린 예수님의 발을 한 번씩 쓰다듬고 나갔다.

　오후에 레온으로 다시 돌아와 '빛의 집The house of light'이라

고도 불리는 레온 대성당 주변의 축제장을 둘러보았다. 13세기에 지어진 고딕식 첨탑이 솟아 있는 대성당의 위용은 레온의 이름에 걸맞았다. 125개의 스테인드글라스를 통해 성당 구석구석까지 빛이 쏟아져 들어왔다. 때마침 콘서트가 있어 깊고 웅장한 소리가 장엄하게 울려 퍼지는 파이프 오르간 연주를 감상하는 호사까지 누릴 수 있었다.

성당 앞 광장에서 아주 흥미로운 것을 발견해 온몸이 떨렸다. 가설 경기장에 구경꾼들이 빙 둘러앉아 있어 틈새를 파고 들어갔더니 씨름 경기가 벌어지고 있었다. 추석날인 오늘, 스페인에서 씨름 경기를 구경하다니. 가슴이 뛰었다.

내가 전율한 이유는 선수들이 한국 씨름처럼 서로의 샅바를 잡고 있다는 놀라운 사실을 발견했기 때문이었다. 우리나라 씨름의 가장 두드러진 특징이 바로 샅바를 잡고 힘과 기술을 겨룬다는 점이다. 그런데 스페인 씨름에서도 가죽으로 된 샅바를 사용하고 있었다. 그러다 보니 한국 씨름 기술인 안다리 걸기, 뒷무릎 치기, 오금 당기기, 들배

지기 등이 스페인 씨름에서도 그대로 활용되고 있었다.

다른 곳에서도 샅바를 이용한 씨름을 본 적이 있다. 스위스의 작은 칸톤* 아펜젤Appenzell에서도 씨름에 샅바를 쓴다. 이 지역의 갓난아이들에게는 몽고 반점이 발견되기도 한단다. 중근동 지역의 우즈베키스탄 등 나라 이름에 '스탄'이 붙는 국가들에도 샅바 잡는 씨름이 있다고 하던데.

게 누구 없소, 씨름판 한번 걸지게 벌려 볼 사람 없소.

* Canton. 국가를 구획하는 행정 구역의 유형 중 하나.

낙서, 박제된 옛사랑의 추억

오늘
난 네가 그립다

스무닷새째, 평지를 묵묵히 걸어 무리아스 데 레치발도 Murias de Rechivaldo라는 작은 마을에서 하룻밤을 묵었다.

글자나 그림 따위를 아무 데나 함부로 써 놓은 것을 낙서라고 하는데, 이는 인간의 원초적인 본성 중 하나라는 생각이 든다. 갓 돌이 지난 어린아이조차 크레용을 잡았다 하면 자유자재로 벽화를 그려 대니 말이다. 낙서는 동서고금, 남녀노소를 불문하고 지식 유무는 물론 지위고하까지도 막론하는 것 같다.

간혹 순간적으로 떠오르는 단상을 빈 노트나 종이에 끄적거린 것이 멋진 명품이 되는 경우가 있다. 나한테도 그런 낙서가 있다. 언젠가 해외 출장 중 비행기 창틈으로 빛이 새어 들어오는 것을 보고 쓴 글이다. 이 낙서에 〈미진수微塵數〉라는 제목을 달았다.

커튼 사이로 면도날 같은 햇살이 꽂힐 때
아무것도 없던 허공에
갑자기 미세한 티끌들이 햇살을 타고

꼬물거리며 오르락내리락하는 것을
어린 시절 신기하게 바라봤던 경험이 있다.

태초부터 지금까지
바다와 대지가 권커니 잣거니 밀물과 썰물로 밀고 당기며
정제해 놓은 바닷가의 수많은 모래알들.
그런데 바닷가 모래알보다 우주에 떠 있는 별이 훨씬 더 많다니
별이 많은 건지 우주가 넓은 건지 헤아려지지 않는다.
허공에 날리는 미세한 티끌들,
셀 수 없는 바닷가 모래알들,
닿을 수 없는 먼 창공에 떠 있는 별들,
이런 것들의 수효를 미진수라고 한다.

찰나에 내 마음 스쳐간 별의별 상념 조각들도
허공의 티끌처럼, 바닷가의 모래알들처럼, 창공의 별들처럼
어림도 할 수 없는 미진수일 텐데.

산티아고 순례길을 걸을 때 눈에 띄던 것들 중 하나가 도처에 있는 낙서였다. 굴다리나 교량을 지나가다 보면 벽이나 교각이 온통 낙서로 채워져 있었다. 길 안내 표지판이나 표지석도 마찬가지였다. 화장실 벽은 물론이고 심지어는 삐걱대는 이층 침대의 위층 침대 바닥, 아래 칸에서 자는 사람에게는 천장인 그곳도 예외는 아니었다.

형태도 다양했다. 볼펜이나 사인펜으로 한 것이 대부분이었지만 때론 스프레이나 페인트까지 동원한 그라피티 아트Graffiti art 수준의 낙서도 볼 수 있었다. 개중에는 섬뜩하게 나치 문양이나 해골바가지를 그려놓은 것도 있었다.

순례길답게 지치지 말고 조금만 더 힘내라는 격려성 글귀가 주종을 이루고 있었는데, 그중 스페인어로 쓰여진, 운율이 기가 막히게 맞아떨어지는 낙서가 제일 마음에 들었다. 감히 순례자의 잠언이자 인생길의 잠언이라고 할 수 있는 최고의 명구였다.

신 프리사, 신 파우사Sin prisa, sin pausa.
서두르지도 말고, 멈추지도 말라.

전 세계에서 찾아오는 순례길이다 보니 낙서도 온갖 언어가 총망라되어 있었다. 제일 많은 낙서는 역시나 누가 다녀갔다는 자신의 흔적을 남긴 것들이었다. '호랑이는 죽어 가죽을 남기고 사람은 이름을 남긴다'는 속담이 맞긴 맞나 보다. 연인이 함께 걷고 있는지 하트 모양 속에 두 사람의 이름을 적어 놓은 사랑의 언약도 제법 많았다.

The boat is safer anchored at the port, but that's not the aim of boats.

길모퉁이를 지나다 누군가가 적어놓은 낙서를 발견했다. '배는 항구에 정박해 있을 때 안전하지만, 그것이 배의 목적은 아니다.'《순례자》에 나오는 글귀였다. 작은 배가 거대한 바다를 향해 거침없이 출항하듯 두려움을 떨쳐 버리고 이 세상이라는 거친 바다에 힘차게 뛰어들라는 메시지이다. 이 글귀를 화두로 붙잡고 걸어가고 있을 어느 순례자의 모습이 보이는 듯했다.

하루는 어떤 낙서 하나가 온종일 내 혼을 빼놓았다. 독

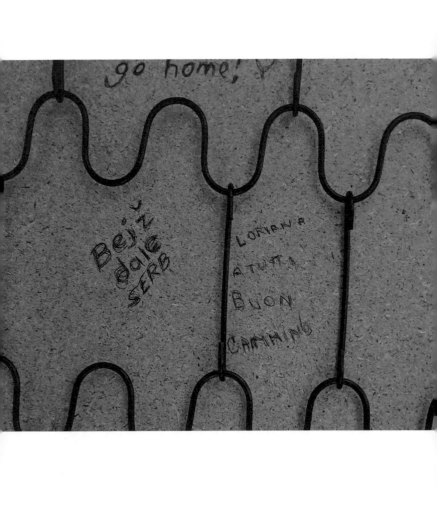

일어로 적힌 낙서였다.

Ich erinnere mich an dich. '난 네가 그립다'라는 뜻이다. 절절한 그리움을 안고 걷던 순례자가 쓴 낙서임에 분명하다.

그리움은 달빛처럼 조용히 스며든다. 이 감정은 쉽게 다가갈 수 없는 대상을 향한 조용한 몸부림이다. 상대는 옛사랑일 수도 있고 하늘나라로 먼저 떠나가 버린 가족이나 친구일 수도 있다. 박제된 옛사랑의 추억이 슬며시 꿈틀거렸다.

고장 난 레코드판처럼 'Ich erinnere mich an dich'가 입안에서 계속 맴돌았다. 아주 오래전 젊은 시절에 비껴가 버린 인연이려니 하며 잊고 있었는데, 지금 이 길에서 낙서 하나가 날 이렇게 뒤흔들어 놓다니.

오늘 난 네가 그립다.

십자가의 길

모든 것이
십자가로

새로운 하루가 열리는 새벽 여명의 어스름은 순례자가 누릴 수 있는 축복 중 하나이다. 새벽노을을 바라보며 걷기 시작한 순례자는 저녁노을을 바라보며 일과를 마친다. 붉게 타오르는 노을은 우주의 판타지이다. 가로등과 조명에 둘러싸여 있는 도시에서는 좀체 기대할 수 없는 축복이다. 제대로 된 노을을 보려면 자연으로 나가야 한다.

새벽노을과 저녁노을은 낮과 밤의 변곡점이다. 음陰과 양陽에 대한 동서양의 인식에는 차이가 있다. 서양인들은 중간에 직선을 긋고 위쪽은 플러스, 아래쪽은 마이너스로 구분하지만 동양인들은 원 안에 태극 곡선을 그려 놓고 위쪽은 양, 아래쪽은 음이라고 한다. 노을을 바라볼 때마다 음과 양이 만나는 변곡점의 옅음과 짙음까지 표현하는 태극 곡선의 오묘함을 느끼곤 했다.

스무엿새째 날, 1,450미터 높이 능선에 자리 잡고 있는 폰세바돈Foncebadón 마을까지 가파른 오르막길을 올랐다. 내리쬐는 땡볕을 피할 그늘조차 없었던 메세타 지역을 어느

새 벗어났는지 곳곳에 떡갈나무 숲이 나타났다. 순례길이 종반부로 접어들고 있다는 신호인가 보다.

엘 간소El Ganso 마을을 지나서 완만한 비탈을 오르다 보니 오솔길 따라 2킬로미터가량 이어지는 녹슨 철조망이 나왔다. 순례자들이 길에서 주운 나뭇가지들을 엉성하게 묶어 만든 십자가를 걸어 놓은 것이 보였다. 순례자들은 수천 개의 크고 작은 십자가가 매달려 있는 이 길을 '십자가의 길Via Crucis'이라고 부른다.

예수님은 십자가에 매달리기 직전 로마 군인과 군중 들로부터 옷이 벗겨지고 침을 맞고 채찍질을 당하는 등 온갖 수모를 겪었다. 흥분한 군중들은 가시로 엮어 만든 왕관을 예수님의 머리에 씌우고 "유대인의 왕, 만세!" 하며 조롱했다. 이 녹슨 철조망이 은연중에 가시 면류관을 연상시켜 수많은 순례자들이 십자가를 달아 놓은 게 아닐까.

십자가는 한낱 처형의 도구가 아니었던가. 그 끔찍한 도구가 이제는 구원의 상징이 되었다. 서구 역사에서 유대인들이 국외 추방과 홀로코스트 등 가혹한 박해를 받았던 이유 중 하나도 십자가 때문이었다. 예수님을 십자가

에 못 박혀 죽게 만들었으니까.

유대교는 선택된 민족인 유대인의 선민 종교였는데 예수님이 십자가에 못 박혀 죽음으로 전 인류의 구원을 지향하는 기독교가 탄생하게 됐다. 배타적인 종교인 유대교와 이런 틀을 깨 버린 기독교는 충돌할 수밖에 없었다.

이러한 갈등은 유대교와 기독교 사이에만 있는 게 아니다. 이들은 이슬람교와도 여전히 대립하고 있다. 문제는 세 종교 모두 유일신을 믿고 아브라함을 조상으로 모시는 한 뿌리에서 나왔다는 점이다. 이들의 충돌은 파스칼Blaise Pascal의 말처럼 서로가 신을 독점하려 하고 자신들만이 필연적이고 무한하다는 착각에서 비롯된 것일 것이다.

숨을 몰아쉬며 가파른 고갯길을 올라 폰세바돈에 오후 세 시가 조금 넘은 시간에 도착해 알베르게에 들어섰다. 좁은 공간에 18개의 이층 침대가 빽빽하게 배치되어 있었다. 갑자기 갑갑증이 가슴을 눌러 왔다. 사람과 사람 사이에는 어느 정도 거리가 확보되어야 되는데, 최소한의 개인 거리도 없었다. 게다가 자원 봉사자인 스페인 영감님이 어찌나 설쳐대는지 은근히 짜증이 났다. 풀어놓은 배낭을 다시 싸서 나갈까 하는 생각까지 들었다.

다행히 건물 다른 쪽에 헛간 같은 공간이 있어 그쪽으로 가서 매트리스를 깔고 자리를 확보했다. 밤에 추워도 그게 낫겠다 싶었다. 그러자 다른 사람들 서너 명도 나를 따라 헛간으로 옮겨 왔다.

설쳐대는 자원 봉사자의 지시에 따라 다 같이 식사 준비를 했다. 메뉴는 야채 수프와 스파게티 그리고 바게트였다.

여럿이 덤벼들어 준비하는 바람에 순식간에 준비가 끝났다. 따뜻할 때 먹으면 좋으련만, 아직 저녁 식사 시간이 안 됐다며 한 시간가량 밖에 나가 노래 부르면서 놀란다. 마침 기타 반주를 할 줄 아는 사람이 있어 〈베사메무초〉 등 스페인 노래와 팝송 몇 곡을 부르며 어영부영 시간을 때웠다.

여섯 시, 식탁에 서른여 명이 둘러앉아 불어터진 스파게티를 먹었다. 그런데도 짜증을 내거나 불평하는 사람이 한 명도 없었다. 포도주가 돌자 왁자지껄 잔칫집 분위기가 됐다.

열정적인 스페인 사람들이 큰 소리로 하는 건배 제의가

여기저기서 들려왔다. 나도 배워 열심히 따라했다. 아리바^{Arriba}, 아바호^{Abajo}, 알센트로^{Al centro}, 아덴트로^{Adentro}.

'위로, 아래로, 가운데로, 안으로'라는 뜻이란다. 한 사람이 "아리바!" 하며 건배 제의를 하면 다 함께 따라 하며 잔을 위로 들었다가 "아바호!" 소리치면서 아래로 내리고, "알센트로!" 하며 잔을 가운데로 내밀어 서로 마주친 다음 "아덴트로!"를 외치고 포도주를 들이켠다. 우리 식으로 하면 "위하여"에 해당하는 건배 구호인 셈인데 동작과 함께 경쾌하게 운을 맞추는 바람에 좌중에 취흥이 감돌았다. 나까지 일어서서 "아리바!"를 외쳤으니 말이다.

이 사람들은 포도주를 마실 때도 매번 십자가를 그리면서 마시는 게 아닌가 하는 생각이 언뜻 들었다. 산티아고 순례길을 걸은 지 이십육 일이 지나니까 모든 것이 십자가로 보이나 보다.

전설, 템플 기사단

성채는
무너졌지만

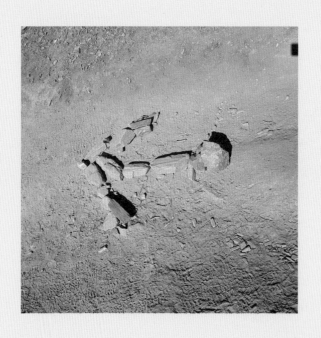

지난밤에 헛간에서 잤더니 온몸이 찌뿌둥했다. 신발 끈을 질끈 동여매고 새벽어둠 속에 길을 나섰다. 이제 걷는 데도 이력이 붙었는지 이른 새벽에 걷기를 시작할 때는 비교적 찬찬히 걷다가 어느 정도 걷기에 익숙해진 다음 가속한다. 워밍업이 필요한 것은 사람의 몸뚱이나 기계나 마찬가지인 모양이다.

산비탈을 돌아서자 1,504미터 높이의 산푸에르타 이라고San Puerta Irago 정상에 우뚝 서 있는 철 십자가, 라 크루스 데 페로La cruz de ferro가 눈에 들어왔다. 산티아고 순례길에서 만난 십자가 중 가장 높은 곳에 위치한 가장 큰 십자가이다. 순례자들이 돌을 주워 십자가 기둥 주변에 올려 놓은 것이 보였다.

어스름이 채 가시지 않아 달이 아직 멋쩍게 떠 있었다. 철 십자가를 지나 산등선을 타고 약 2.5킬로미터 정도 걷자 만하린Manjarín이라는 알베르게가 나왔다. 산티아고 순례길에서 가장 높은 곳에 있는 알베르게다. 이 자리에 12세

기에 결성된 템플 기사단의 막사와 병원이 있었다고 한다.

순례자 여권에 세요Sello(스탬프)를 찍기 위해 잠시 안에 들어갔는데 마치 산적들의 산채에 발을 들여놓는 느낌이었다. 높은 산, 거친 바람에 나부끼는 각국의 국기와 깃발들에 정령이 서린 듯 괴기스러웠다. 그런데도 마음이 끌렸다. 만약 산티아고 순례길을 다시 걸을 기회가 있다면 여기에서 꼭 한번 묵어 봐야겠다고 다짐까지 했으니.

하산 길은 곳곳에 떡갈나무와 밤나무가 숲을 이루고 있어 우리나라 가을철 산길과 흡사했다. 가끔은 으슥한 숲길이 나왔는데 극히 드물게 여성 순례자들이 봉변을 당한다는 곳이 이런 외진 데가 아닐까 하는 생각이 문득 들었다.

가파른 산비탈을 서너 시간 내려오니 멋진 중세풍의 다리와 건물이 눈에 들어왔다. 뒤로는 높은 산이 병풍처럼 둘러져 있고 앞에는 유유히 흐르는 하천을 따라 넓은 벌판이 펼쳐져 있는 몰리나세카Molinaseca 마을은 아늑했다.

마침 휴일이라서 마을의 호텔과 레스토랑 들은 휴양객과 관광객으로 붐볐다. 평화로운 이곳에서 한가로이 이삼일 쉬고 싶은 마음이 굴뚝같았다. 그렇지만 순례자 신분에 언감생심, 늦은 점심 식사만 하고 일어섰다.

수도원을 개조한 폰페라다Ponferrada 공립 알베르게는 깨끗하고 시설이 훌륭했다. 사십 대 중반, 라파엘이란 이름을 가진 자원 봉사자는 영어를 전혀 못하는데도 마냥 웃는 얼굴로 순례자들을 맞아들이며 도움을 주려고 애를 썼다. 처음에는 미욱하니 어리숙하다고 생각했는데 그게 아니었다. 시종 웃는 얼굴과 겸손한 자세로 봉사하는 모습에서 답답하지만 세속적이지 않은 순수함을 느낄 수 있었다. 도스토옙스키의 소설 《백치》의 주인공 미쉬킨 공작이 떠올랐다.

폰페라다는 중세시대 활약했던 템플 기사단의 성채가 있는 작은 도시다. 성문이 닫히기 전에 부지런히 달려가 12세기에 지어진 성곽을 한 바퀴 돌아보았다. 텅 빈 성채, 무너진 성곽을 보며 흥망성쇠의 부질없음을 느꼈다.

성지 순례자들을 보호하기 위해 창단된 템플 기사단의 이야기를 하려면 1000년 전으로 거슬러 올라가야 한다. 1077년, 예루살렘이 투르크의 지배하에 들어가면서 예루

살렘으로 향하는 순례길이 막혀 버렸다. 교황 우르바누스 2세는 1095년 11월 클레르몽 공의회를 소집하고 그리스도교의 성지를 탈환하기 위한 성전聖戰, 다시 말해 십자군 전쟁을 일으켰다.

십자군은 먼저 유대인을 그리스도의 적으로 간주하고 무자비하게 탄압하며 재산을 몰수했다. 몰수한 재산과 귀족들의 자발적인 헌금을 바탕으로 십자군을 파견했다.

1099년, 천신만고 끝에 제1차 십자군이 이슬람 세력으로부터 예루살렘을 탈환했다. 기나긴 원정과 치열했던 전투로 지치고 이성을 잃은 십자군은 이슬람교도들에게 포악한 약탈과 잔혹 행위를 자행했다.

십자군이 정복한 영토에 새로운 예루살렘 왕국이 세워지면서 순례길이 다시 열렸다. 그러나 순례자들은 예루살렘으로 가다 사라센Saracen들에 의해 수시로 강탈과 살해를 당했고, 결국 1119년, 용감한 수도사 아홉 명이 순례자 보호를 목적으로 템플 기사단을 결성했다. 정식 명칭은 '그리스도와 솔로몬 성전의 가난한 기사단Poor knights of Christ and the Temple of Solomon'이었다.

템플 기사단은 '정숙, 청빈, 복종'의 세 가지 서약을 하고 예루살렘 왕국과 순례자를 안전하게 보호하는 임무를 맡았다.

붉은색 십자가가 새겨진 흰색 외투를 걸친 템플 기사단을 향한 낭만적인 존경심에 지지자는 날로 늘어났다. 유럽 전역의 왕족과 귀족 들이 신앙심, 공명심으로 아낌없이 돈과 토지를 바치는가 하면 직접 기사단의 일원으로 십자군 원정에 참여하기도 했다.

이에 힘입어 템플 기사단은 채 100년도 지나지 않아 유럽에서 교황청에 이어 가장 부유하고 영향력이 큰 집단으로 성장했다. 십자군에 참가한 귀족들의 재산을 관리해주거나 파산한 왕족이나 귀족에게 대부금을 지원하고, 순례자를 위해 일종의 여행자 수표를 발행하는 독특한 금융 운영 시스템을 개발, 운영하였다. 이외에도 토지 소유, 성채 및 교회 등의 건축, 무역, 해운 등 광범위한 분야에 걸쳐 왕성한 경제 활동을 전개해 나가며 유럽 전역에 1,000개가 넘는 영지와 요새를 보유하기에 이르렀다.

화무십일홍이던가. 몰락도 순식간이었다. 이슬람 세력이 단합되면서 8차에 걸친 십자군 원정은 번번이 실패로 돌아갔다. 게다가 재정 악화에 시달렸던 프랑스 왕 필리

프 4세와 정치적 입지가 약했던 교황 클레멘스 5세의 야합이 있었다. 필리프 4세의 노회한 계략에 넘어간 템플 기사단 수뇌부는 한순간에 체포, 감금되어 처형당했는데 그때가 1307년 10월 13일 금요일 새벽이었다. '13일의 금요일'의 징크스는 이를 바탕으로 생겼다고 한다.

세계 최초의 글로벌 기업으로 발전해 막강한 경제력을 과시했던 템플 기사단은 지금도 우리 곁에 남아 있다. 비록 성채는 무너졌지만 그들의 이야기는 전설이 되어《다빈치 코드》《최후의 템플 기사단》《인디애나 존스》등 소설이나 영화의 좋은 소재가 되어주고 있다.

오늘도 누군가는 떠난다. 템플 기사단이 숨겨 놓은 성배와 각종 보물을 찾으러.

검의 비밀

What I should do
with the sword

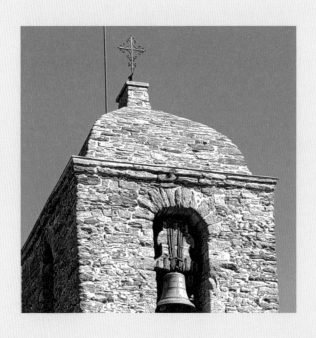

스무여드레째 날은 평지를 따라 트라바델로Trabadelo까지 걸었고, 다음날에는 산티아고 순례길의 마지막 오르막을 올라 1,330미터 고지의 오세브레이로O'Cebreiro 산마을에서 묵었다.

새벽길을 혼자 줄레줄레 걷다 보면 나도 모르게 노래를 부르곤 한다. 보통은 콧노래로 흥얼거리지만 어떤 때는 제법 소리 내어 부르기도 한다. 중독성이 있는지 한번 시작했다 하면 같은 노래가 몇 번씩 반복해서 나온다. 그런데 많고 많은 노래 중 하필이면 왜 군가가 튀어나오는지 모르겠다. 젊은 시절에 부른 노래라서 그런가, 아니면 새벽 기운이 충만해서 그런가.

전방에 근무할 때 새벽 구보나 행군을 하면서 〈행군의 아침〉이란 군가를 많이 불렀다. 다른 군가에 비해 전투적인 어휘가 별로 없는데도 우리 강산을 지키기 위해 결연히 나선다는 결기가 잘 드러나는 점이 마음에 들었다.

'외투 입고 투구 쓰면 마음이 새로워'를 '외투 입고 신발 끈 매면 마음이 새로워'로 바꾸고, '거뜬히 총을 메고 나서는 아침'을 '거뜬히 배낭 메고 나서는 아침'으로 바꾸면 훌륭한 순례자의 행군가가 됐다.

한국에 있는 지인으로부터 연락이 왔다. 〈카미노〉 카페에 올라온 글인데 읽어 보고 도와줄 수 있으면 도와주라는 거였다.

만 팔십 세 생일을 맞으신 아버님이 산티아고를 향해 혼자 가고 계신데, 이제 200킬로미터 정도 남으셨다고 합니다. 도중에 핸드폰을 잃어버리셨지만 그동안은 길에서 만난 다른 사람의 핸드폰을 이용해 연락을 하셔서 안부를 확인할 수 있었습니다. 그런데 며칠간 아무런 연락이 없어 걱정됩니다. 혹시라도 길에서 머리 하얀 노인을 만나면 도움을 베풀어주십시오.

길을 걸으며 스치는 인연치고는 처음부터 이 어르신을 유별나게 많이 만났다. 파리 몽파르나스Montparnasse 역 대합실에서 처음 만나 수인사를 나눴고, 열차 안에서 또 만났을 때는 내게 잘 부탁한다고 하셨다. 순례길 걷기를 시작한 첫날 피레네산맥을 넘을 때도 만났다. 초반부터 다리에 경련이 나서 쩔쩔매고 계시는 것을 거들어드렸지만 결국 어르신은 피레네산맥 넘는 것을 포기하시고 말았다.

어르신이 다시 마을로 내려가 택시를 타고 론세스바예스로 오고 있다며, 도움이 필요하시다는 이야기를 다른 사람들을 통해서 들은 날 저녁, 숙소 앞에서 오시는 것을 기다렸다가 모시고 와서 내 침대에서 함께 잤다. 그리고 다음날 새벽에 말씀드렸다. 아무래도 어르신은 무리이신 것 같다고. 또 죄송하지만 나 자신이 자유롭기 위해서 이 길을 나섰기 때문에 머나먼 길을 함께 걸어드릴 수는 없다고 양해를 구했다.

포기하실 줄 알았던 어르신은 간혹 버스를 타기도 하시면서 계속 전진하셨다. 언젠가는 알베르게 화장실 시건장치가 고장 나 그 안에 갇히신 통에 주변 사람들과 함께 119에 연락해 구출해드리기도 했다.

함께 걸어드리지 못해 송구한 마음이 있던 와중에 가족의 애타는 호소를 전해 듣자 마음이 무거웠다. 피레네산맥을 넘을 때 만나 그 후에도 몇 차례 동행했던 K군에게

이 호소문을 전달했다. K군은 젊은 순례자들이 실시간으로 소통하는 네트워크를 통해 곧바로 전파하겠다는 답신을 보내왔다.

그 후 어르신에 대한 소식을 전혀 듣지 못했다. 혹시 무슨 변고가 생긴 것은 아닌지 걱정이 됐다. 한국에 돌아와서도 불길한 생각을 떨칠 수 없었다.

서울에 돌아온 지 반년 후, 백방 수소문한 끝에 어르신과 연락이 닿았다. 천신만고 끝에 산티아고 대성당까지 완주하셨다고 한다. 정말 대단하신 분이다.

드디어 목적지인 산티아고 데 콤포스텔라가 있는 갈리시아Galicia 땅을 밟게 됐다. 스페인 북서부에 위치한 이곳은 개성이 강한 지역으로 스페인어가 아닌 갈리시아어를 사용하고 대서양 연안의 해양성 기후 때문에 비가 자주 오고 습하다.

갈리시아에는 한국인들이 좋아하는 문어숙회 풀포Pulpo가 있어 한국 순례자들의 발목을 잡는다. 또 우거지국과 비슷한 칼도 가예고Caldo gallego 스프가 있어 바르에 들를 때면 바게트와 함께 먹으면서 요기를 하곤 했다.

이제 순례길의 목적지인 산티아고 대성당을 목전에 두고 있었다. 산티아고 순례길의 처음은 육체와의 싸움이고, 그 다음은 정신과의 싸움이며, 마지막은 영혼과의 싸움이라는 말이 새삼 실감났다. 몸이 길에 적응되지 않은 상황에서 피레네산맥을 넘은 후 땡볕 아래에서 메세타 지역을 통과했는데, 마지막엔 안개와 비를 헤치며 숲길을 걸었다. 갈리시아 길을 깨달음의 길이라고도 부른다는데, 충분히 공감이 됐다.

해발 1,300미터 산마루에 자리 잡고 있는 오세브레이로는 갈리시아로 넘어가는 관문이다. 산 아래 깔렸던 안개와 구름이 걷히자 한쪽 방향으로는 걸어온 길들이 내려다보였고 다른 쪽으로는 앞으로 가야 할 길이 길게 뻗어 있었다. 중세 시대에는 수도원이었던 알베르게 주변에는 기념품 가게와 레스토랑 들이 늘어서 있었다. 석조 건물인 마리아 성당이 마을의 중심을 잡아 주고 있었다. 천하를 얻은 것 같은 기운을 느끼기에 부족함이 없는 마을이었다.

그래서 그런지 이곳은 많은 기적과 전설 이야기가 전해

져 내려오는 곳이다. 파울로 코엘료가 《순례자》에서 자신의 검을 찾아 산티아고 순례길을 헤매다가 홀연히 깨달음을 얻었다고 고백한 곳도 바로 여기다.

그는 그토록 검이 숨어 있는 장소를 찾아 헤맸는데 정작 깨달음은 다른 데 있었다고 했다. 검이 어디에 있느냐가 아니라 '검을 가지고 무엇을 할 것인가'가 그것이었다. 그리고 검의 비밀을 발견했다는 확신을 가지고 두려움 없이 안개 속으로 뚜벅뚜벅 걸어 들어가는 것이었다. 검의 비밀은 단순했다.

코엘료의 경험처럼 돈오의 경지에 도달하는 법은 알고 보면 세상에서 가장 단순한 것이리라. '지금 내가 여기서 뭘 하고 있는 거지?'라고 묻는 대신 마음속의 열정을 깨워줄 무언가를 해 보겠다는 결단, 그것이 경지에 오르는 방법이다.

실제로 코엘료는 1986년에 산티아고 순례길을 걷고 난 후 나이 사십에 직업을 바꿨다. 그가 진정 원했던 전업 작가의 길에 나선 것이다.

갈리시아의 향수

내 기억 속에

순례자의 하루는 단순하다. 오직 걷는 것만이 일과다. 걷기 위해 먹고 걷기 위해 잔다. 비 오면 비 맞으며 걷고 바람이 불면 바람을 맞으며 걷는다. 쩅쩅 내리쬐는 땡볕 아래에서도 걷고 달빛 아래에서도 걷는다. 많이 걷기도 하고 적게 걷기도 한다. 그렇게 그저 묵묵히 걷는다. 그런 순례자의 마음은 가난하고 단순하다.

어느 산사에서 제자가 스승에게 물었다. 절에 들어와 장작 패고 물 길어 오고 밥 지으며 10년 넘는 세월을 보냈 는데 아직도 같은 짓만 하고 있으니 대체 언제 득도할 수 있겠느냐고 따졌다. 스승이 답했다. 장작 팰 때는 장작 패 고, 물 길어 올 때는 물 길어 오고, 밥할 때 밥하면 된다고.

제자가 다시 따졌다. 그게 그건데 무엇이 다르냐고. 스 승이 답했다. 득도하기 전에는 장작 팰 때 물 길어 올 것을 걱정하고 물 길어 올 때 밥할 것을 걱정하고 밥할 때는 다 른 것을 걱정한다고.

산티아고 순례길을 걷기 시작한 지 삼십 일. 득도의 경

지에 다다른 듯했다. 무엇을 입을까, 무엇을 먹을까 같은 걱정은 아예 없어졌다. 걸을 때는 황소처럼 뚜벅뚜벅 걸었고, 밥 먹을 때는 포도주에 감사하며 군소리하지 않고 그릇을 비웠고, 즐거운 마음으로 빨래해서 바람에 말렸고, 잠자리에 들면 곯아떨어졌으니 말이다.

산티아고 데 콤포스텔라의 마지막 관문 격인 사리아 Sarria를 지났다. 이제 120킬로미터 남짓 남았으니 내일부터는 남은 거리가 두 자릿수로 떨어질 것이다. 성당과 수도원, 성채 들이 있는 중세풍의 도시를 빠져나오자 기찻길이 나왔다. 기찻길을 건너 오솔길을 따라 계속 걸었다.

시월 중순에 접어들어 갈리시아 농촌 마을 도처에는 가을빛이 완연했다. 밭에는 누런 박들이 한가로이 가을볕을 쬐며 뒹굴고 있었고 마을 곳곳에는 벽돌과 나무로 만든 아주 작은 규모의 집 모양 틀이 있었다. 지붕까지 제대로 얹혀져 있어 신줏단지를 모신 곳인가 했는데 다음 해에 파종할 종자들을 모아서 보관하는 창고란다. 자세히 보니 생쥐가 들락거리거나 뱀이 들어가 똬리를 틀지 못하게 아주 작은 숨구멍만 내놓았다. 조상 대대로 내려온 생활의 지혜이리라.

새로운 밀레니엄인 2000년, 독일 하노버에서 엑스포가 개최됐다. 당시 엑스포 당국이 사라져 가는 인류의 지혜들을 보존하기 위해 박람회와 별도로 '지속 발전 가능한 생활의 지혜'를 모아 보자고 제안해 숨 쉬는 용기인 항아리와 장독에 관한 우리 조상들의 지혜를 제출했었다. 이걸 갈리시아 시골길에서 떠올릴 줄이야.

상수리나무와 밤나무가 우거진 숲길을 지나면 평온하고 작은 시골 마을이 나오고, 시골 마을을 지나면 또 숲길이 나오기를 반복하면서 길이 이어지고 있었다. 숲길에 떨어진 말똥이나 소똥이 시골 맛을 더해주었다.

그런데 갈리시아의 '찐'하게 독한 맛은 따로 있었다. 추수를 마친 들판에 휘익 뿌려 놓은 곰삭은 퇴비가 그것이었다. 생선 썩은 냄새라고 할까, 말로 표현하기도 힘든 진한 암모니아의 역한 냄새가 진동했다. 토양을 튼실하게 만드는 지혜로운 방법임에 분명하고 요즈음 사람들이 선호하는 유기농 농사의 기본이겠지만, 정말 참아 내기 어려웠다. 토할 것만 같았고 머리가 아득하니 어지러웠다.

똥통이 차고 넘치듯 자연의 향기가 천지에 차고 넘쳤다. 나는 이 독한 냄새를 갈리시아 향수라고 명명하며 억지로 견뎌냈다.

추억은 냄새로 기억된다던데, 갈리시아는 퇴비의 독한 암모니아 냄새로 내 기억 속에 남아 있을 듯하다.

다 이루었다

이제
모든 것을
하늘의 뜻에

순례자에게 가장 큰 행운은 지친 몸을 편히 쉴 수 있는 좋은 알베르게를 만나는 것이다. 그런 의미에서 바르바델로Barbadelo라는 시골 마을 언덕 위에 자리 잡은, 카사 데 카르멘Casa de Carmen이란 알베르게에서 머물 수 있었던 것은 행운이었다.

이곳에서의 하루는 모든 것이 좋았다. 먼저 샤워를 한 후 빨래를 했다. 빨래는 빼 놓을 수 없는 순례자의 일과 중 하나다. 대충 하는 손빨래로도 괜찮다. 내리쬐는 땡볕과 시원하게 불어오는 바람이 옷들을 보송보송하게 잘 말려 주기 때문이다.

빨래를 끝내고 캔 맥주 하나 들고 언덕 위 벤치에 앉아 넓은 들판을 내려다보았다. 한참을 아무 생각 없이 멍하니 있었다. 득도한 것일까. 아니, 이런 상태라면 득도하지 않아도 마냥 좋다.

열 명 남짓한 순례자들이 함께 모여 가족적인 분위기에서 포도주를 곁들였던 저녁 식사도 즐거웠다. 일인용 침대가 있어 잠자리 역시 편했다.

그런데 한밤중에 갑자기 소란이 났다. 누군가가 악몽을 꿨는지 서너 차례 악다구니를 써 댔다. 다행히 옆 침대 사람이 몸을 흔들어주자 다시 잠잠해졌다. 무슨 꿈을 꿨기에 그랬을까.

간밤에 꾸었던 꿈을 다음날 아침에 기억하는 경우도 있지만, 대부분은 꿈을 꾸었는지조차 모른다. 돌아가신 어머니를 꿈에서 뵐 때도 있지만, 보고 싶을 때마다 뵐 수 있는 것은 아니지 않은가. 내 의지와 무관한 세계가 내 안에 존재하고 있다는 사실이 놀랍다. 그런 것을 보면 인간이란 참 복잡하고 신비로운 존재임에 분명하다.

스트레스를 받을 때 많이 꾸는 악몽 중 하나가 시험 보는 꿈이란다. 학교 다닐 때 얼마나 스트레스를 받았으면 어른이 된 다음에도 그런 꿈을 꿀까. 내 경우에는 연극하는 꿈을 꾼다. 무대 위에서 연기를 하다 머리가 하얘져 대사를 까먹거나 무대 감독인데 연극이 엉망진창으로 진행되는 바람에 진땀을 흘린다. 연극을 해 본 적이 없는데 왜 그런 꿈을 꾸는지 모르겠다. 혹시 전생에 연극배우 아니면 연출가였나.

삼십일 일째 되는 날, 갈리시아 시골길과 숲길의 가을 정취를 만끽하면서 포르토마린Portomarin까지 20여 킬로미터를 걸었다. 숲길에는 절로 떨어진 밤송이에서 굴러 나온 밤알들이 지천으로 나뒹굴고 있었다. 소 떼를 몰고 가는 시골 노부부의 모습이 정겨웠고 곁에서 능숙하게 소몰이를 거드는 셰퍼드가 기특했다.

산티아고 데 콤포스텔라까지 남은 거리는 이제 두 자리 숫자가 되었다. 세 자리 숫자일 때와는 느낌이 완연히 달랐다. 마을을 지날 때마다 숫자가 팍팍 줄어들었다. 이상하게 그것이 그리 반갑지 않았다. 종착역이 성큼성큼 다가오는 느낌이었다. 인생길의 종착역도 이렇게 순식간에 다가오겠지.

사십 대는 황소 등에 타고 가는 나이라고 한다. 뚜벅뚜벅 걷는데도 뒤돌아보면 어느새 저만치 와 있기 때문이다. 오십 대는 호랑이 등을 타고 가는 나이란다. 세월이 비호같이 날아가 버려서다. 예순 살에 접어든 나이를 이순耳順이라고 한다. 하늘의 뜻을 알아 원만해지는 나이라는 의미다. 하늘의 뜻이란 무엇일까.

조물주는 인간에게 종착역까지의 거리가 적혀 있지 않

은 편도 티켓을 한 장씩 발급했다. 이것이야말로 신의 한 수이다. 그러니 인생길을 완주할 때까지 그저 묵묵히 걸을 수밖에 없는 것이다.

포르토마린 마을에 들어가려면 높고 긴 다리를 건너야 했다. 강이 자주 범람해서 높은 곳에 마을을 세우고 낮은 지대에 있던 중세 마을의 유적들까지 언덕 위로 옮겼다고 한다. 다리 위에서 아래를 내려다보니 미처 옮기지 못한 옛 마을의 주춧돌과 성곽의 잔재 들이 강바닥에 처연하게 몸체를 드러내 놓고 있었다. 무슨 서러운 사연이 남아 있는지 눈을 치켜뜨고 하늘을 노려보고 있는 듯했다.

언덕 위 마을에는 중세 시대의 회랑이나 성당 들이 고스란히 있었지만 새로 조성된 티가 역력했다. 이끼가 끼고 풍상을 겪어 온 세월의 무게감을 느낄 수 없었다.

12세기 성 요한 기사단 수사들이 세웠다는 성 니콜라스 성당을 찾아갔다. 장의자에 앉아 십자가에 매달린 예수님을 오랫동안 바라보았다.

머리 위에 있는 'I.N.R.I'라는 팻말에 눈길이 갔다. 라틴

어로 '유대인의 왕, 나사렛 예수^{Iesus Nazrenus, Rex Iudaeorum}'의 약자이다. 예수님에 대한 멸시와 조롱의 팻말. 그러나 이것은 십자가가 전하는 최초의 메시지였다.

십자가에 매달린 예수님이 "내가 목마르다"라고 하자 군인들이 신 포도주를 해면에 적셔서 막대기에 매달아 예수님의 입가에 대주었다. 신 포도주를 맛보신 다음 "다 이루었다"라는 마지막 말씀을 남긴 후 예수님은 숨을 거뒀다고 성경은 기록하고 있다.

이 말은 무슨 뜻일까. 감히 추측하건대, 이제 모든 것을 하늘의 뜻에 맡긴다는 의미가 아닐까 싶다.

지극한 모성, 성모 마리아

어여 가.
길 잃지 말고
이 길로 어여 가

삼십이 일째 날에는 팔라스 데 레이Palas de Rei까지 걷고 삼십삼 일째 날에는 30킬로미터 더 전진하여 아르수아 Arzúa에서 머물렀다. 이제 목적지인 산티아고 성당까지는 고작 40킬로미터 남았다.

꼭두새벽에 알베르게를 나섰는데 어두워서 길 안내 표지를 찾을 수 없었다. 이럴 때는 원점으로 돌아가 다시 시작하는 게 상책이다 싶어 전날 마을에 들어올 때 건넜던 다리쪽으로 갔다.

순간 묘한 느낌이 들었다. 조명 불빛을 등지고 서 있는 마을 안내판이 새벽 먼 길 나서는 아들을 배웅하는 어머니처럼 느껴졌다.

"어여 가. 길 잃지 말고 이 길로 어여 가."

모퉁이를 돌아 모습이 보이지 않을 때까지 한참을 손짓하며 서 있는 어머니가 보이는 것 같았다.

오르막 숲길로 들어섰다. 어두운 숲속에서 순례자들의 헤드 랜턴 불빛이 어른거렸다. 안개가 자욱한 숲은 신령스러웠다. 지극히 미약한 존재인 내가 지금 여기 있다는 것, 그 자체가 신비스러운 일이라는 것을 깨달았다.

어릴 적부터 궁금했다. 사람은 몸과 마음과 혼으로 이루어져 있다는데, 몸은 만질 수 있는 실체가 있으니 알겠고 마음도 느껴지는 감정이 있으니 알겠다. 그런데 볼 수도 만질 수도 느낄 수도 없는 혼이란 것은 대체 내 안 어느 구석에 숨어 있는가. 영화 〈사랑과 영혼〉처럼 죽을 때 육신에서 빠져나가는 그런 것인가. 그러면 빠져나간 영혼은 대체 어디로 가는 걸까. 천당과 지옥…… 환생…… 우주의 원原 에너지…… 아니면 무無로 돌아가는가? 새벽, 짙은 안개 숲에서 느끼는 이 신령스러움은 몸이 느끼는 것인가, 마음이 느끼는 것인가, 아니면 혼이 느끼는 것인가.

동녘이 밝아 오자 자전거를 탄 순례자들이 가파른 언덕길을 헐떡거리며 오르고 있었다. 자전거를 이용하면 보름 남짓한 기간에 800킬로미터 길을 주파할 수 있다. 자전거를 타고 쌩쌩 달려 나가는 모습을 보면 부러울 때가 많았

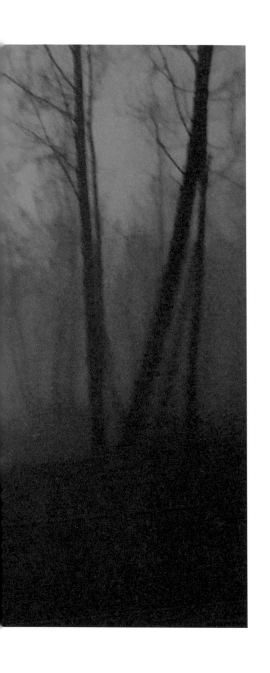

다. 그런데 자전거를 끌고 낑낑대면서 오르막길을 오르는 것을 보니까 세상사가 공평하다는 생각이 들었다.

어린 딸내미의 손을 잡고 갓난아이는 업고 아들과 나란히 걷는 어느 가족의 뒷모습도 봤다. 어디에서부터 걷기 시작했는지 모르겠지만 발걸음이 의외로 또박또박하니 경쾌했다. 혼자 걷는 사람들, 부부나 연인들, 친구들, 모녀간, 부자간에 온 무리가 있는가 하면 이렇게 온 가족이 총출동한 경우도 간혹 눈에 띄었다.

마을과 마을을 지나칠 때마다 수많은 성당을 지났는데, 크건 작건 성당 안에 들어서면 가장 먼저 성모 마리아 상이 반겨준다. 성모 마리아가 다양한 모습의 성화나 조각물로 형상화되어 있는 경우도 많다. 개신교 교회에서는 볼 수 없는 풍경이다. 뿐만 아니라 가톨릭 미사에서는 기도문이나 찬송가를 통해 성모 마리아에게 간구하며 기도하고 찬양하지만 개신교 예배에서는 예수님의 어머니라는 것 외에는 거의 언급되지 않는다. 같은 뿌리에서 나왔는데도 성모 마리아의 중요성이 가톨릭에서는 최대화, 개신교에서는 최소화됐다는 느낌이 들었다.

성모 마리아는 마구간에서 갓 태어난 아기 예수를 안고 있는 모습, 십자가에 매달려 있는 예수를 애절하게 바라보는 모습, 십자가에서 끌어내려진 예수의 시신을 부둥켜안은 처절한 모습 등 지극한 모성을 드러내는 상징으로 그려지는 것이 대부분이었다. 또 가브리엘 천사를 통해 성령에 의해 처녀의 몸으로 아이를 가졌다는 수태 고지를 받는 성모 마리아 상이 모셔져 있는 성당에는 아이를 원하는 여인들이 많이 찾아온다고 한다. 지순한 사랑과 희생, 모성은 신성과 통하기에 그것을 성모 마리아로 형상화한 듯싶다.

드디어 별들의 벌판에

이 길에서
무엇을
찾았는가

삼십사 일째 날은 20킬로미터를, 삼십오 일째 되는 날에는 남은 18.5킬로미터를 걸어 드디어 산티아고 데 콤포스텔라에 도달했다.

시작이 있으면 끝이 있기 마련이다. 피레네산맥을 향해 첫발을 내디뎠을 때의 설렘과 두려움은 목적지인 별들의 벌판에 다가갈수록 아쉬움과 안도감으로 바뀌었다.

누군가가 말했다. 걷는다는 것은 침묵을 횡단하는 일이라고. 실제로 산티아고까지의 800킬로미터는 긴 침묵의 길이었다. 비바람, 작열하는 태양, 물집 잡힌 발, 무릎과 허리의 통증, 무거운 배낭, 불편한 잠자리 등 내가 감당해야 할 십자가를 걸머지고 묵묵히 걸어야 했다. 그래서인지 누군가는 이 침묵의 터널을 고통의 연속이라고 표현하기도 했다.

어렵고 힘들었지만 산티아고에 다가갈수록 마음속 깊은 곳에서 평화와 희열이 솟아오르는 것을 느낄 수 있었다. 첫발을 내딛을 때만 해도 이베리아반도를 가로질러 걷는다는 것이 아득하게만 느껴졌는데 말이다.

한걸음 한걸음 목적지에 다가갈수록 지난 모든 일이 찰나와 같이 느껴졌다. 말도 많고 탈도 많은 우리 인생도 돌아보면 찰나에 지나지 않겠지.

산티아고에 가까워지자 단체로 온 사람들까지 가세하는 바람에 순례길이 한결 북적거리고 부산해졌다. 여기저기서 "부엔 카미노." 하는 소리가 들려왔다. 길이 시작되는 생장에서처럼 다들 활기가 넘쳤다.

한 스페인 영감님이 낮술이 과하셨는지 고개를 한쪽으로 떨군 채 사람들이 많이 다니는 길 위에서 깊은 잠에 빠져 있었다. 그 곁에는 까만색 털북숭이 개가 돌아다니는 행인들에도 아랑곳하지 않고 스위스 용병처럼 당당하게 주인을 지키고 있었다. 대단한 충견이었다.

세상에 살아 있는 모든 것, 아니 존재하는 모든 것은 저마다의 관계 속에 있는데, 저 영감님과 충직한 강아지는 어떤 관계일까. 전생의 연이 이어지고 있는 것일까.

산티아고 시내에 들어서 대성당 근처에 있는 '마지막 스탬프'라는 알베르게에 짐을 푼 후 물로 신발의 진흙을

깨끗이 씻어내고 바지에 묻은 먼지도 털어 낸 다음 나름 단정한 차림으로 대성당으로 향했다. 마침 일요일이라 미사에 참석하려는 현지인, 순례자, 관광객 들로 줄이 길게 늘어서 있었다. 정오 미사는 사람들로 꽉 찬 가운데 웅장하게 집전됐다.

대성당 천장에는 대형 향로인 보타후메이로Botafumeiro가 매달려 있었다. 파이프 오르간 소리가 장엄하게 울려 퍼지는 가운데 네 명의 수사가 향로의 줄을 잡아당기자 향을 내뿜는 향로가 처음에는 작은 폭으로 진자 운동을 시작하더니 서너 차례만에 천장에 닿을 정도로 높이 솟구쳤다.

하늘의 하나님 보좌 앞에 놓인 금향로에는 지상에서 올리는 기도가 차곡차곡 쌓여 향연과 어우러져 올라간다는 요한 계시록의 한 구절이 떠올랐다. 신음과 고통 속에서 애끓게 올리는 기도, 자식을 위한 어머니의 간절한 기도, 전쟁터 참호에서 올리는 외로운 병사의 기도, 평화 통일을 간구하는 한국인들의 기도, 침묵의 터널을 묵묵히 걷는 순례자들의 기도 등 지상에서 올리는 모든 기도가 비록 종교가 같지 않을지라도 향연과 함께 하늘에 상달되기를 소망했다.

미사를 마친 후 대성당 앞 광장으로 들어오는 순례자들을 바라보았다. 종주를 끝내고 목적지에 무사히 도착했다는 기쁨을 마음껏 누리는 것 같았다. 함성과 노래가 여기저기에서 터져 나왔다. 삼삼오오 바닥에 눕는 이들이 있는가 하면 진한 포옹을 하는 연인들의 모습도 보였다.

사람 구경을 하던 중 광장 한구석에 있는 조형물이 눈에 들어왔다. 두 발이었다. 평소 사람의 신체 부위 중 가장 관심을 받지 못하는 부위가 발일 것이다. 현란한 손에 비하면 발은 참으로 우둔하다. 손은 못하는 게 없다. 글도 쓰고 그림도 그리고 피아노도 치고 요리도 하고 악수도 하고 활과 총도 쏜다.

이에 비해 발은 할 줄 아는 게 거의 없다. 서서 걷고 뛰는 정도다. 그런데 이런 발이 없으면 걸어서 이베리아반도 횡단은 꿈도 꾸지 못한다.

순례자들이 가장 겁내는 것은 발에 탈이 나는 것이다. '나를 두고 가시는 님은 십 리도 못 가서 발병난다'는 아리랑의 한 구절처럼 발병이 나면 정말 십 리도 못 간다. 발 조형물을 만지며 우둔하지만 위대한 발에 거듭 감사했다.

노천 테이블에 자리를 잡고 앉았다. 유럽에서는 노천 테이블이 실내보다 음식이나 포도주 가격이 상대적으로 비싸다. 그러면 어떠랴. 오늘은 좋은 포도주에 맛있는 음식으로 호사 좀 해야겠다고 마음먹었다.

높은 성당 그림자 때문에 광장에는 일찍 땅거미가 졌다. 포도주 한 병이 어느 사이엔가 사라져 또 한 병 시켰다. 밤이슬이 내려 몸에 한기를 느낄 때까지 그곳에 앉아 있었다.

나는 왜 산티아고 순례길에 나섰으며 이 길에서 무엇을 찾았는가. 이 길은 나에게 어떤 의미로 남을까.

에필로그

산티아고까지의 먼 길을 나선 첫날, 피레네산맥을 넘으면서 나에게 물었다.

산티아고 순례길을 걷고자 하는 나는 순례자인가.

아니다. 순례자가 아니다.

그러면 무언가를 찾아 헤매는 구도자인가.

아니다. 그건 더더욱 아니다.

그럼 왜 이 길을 걷는가.

특별한 이유는 없다. 그냥 자유롭고 싶다. 마냥 자유롭게 걷고 싶다. 나는 이 길을 걷는 많은 사람 중 하나일 뿐이다. 괜히 쓸데없는 생각 말고 걷기나 하자.

그래, 나는 걷는 자다.

걷는 자는 단순했다. 먹고 걷고 빨래하고 자는 것이 고작이었고 별다른 셈본이 없었다. 새벽에는 어둠을 사르며 솟아오르는 붉은 해를 보며 걸었고 낮에는 내리쬐는 땡볕을 머리에 이고 묵묵히 걸었다. 하룻밤 신세를 지는 초라한 숙소 알베르게가 내 집인 양 젖은 옷을 손빨래해서는 뉘엿뉘엿 지는 오후 햇살에 말렸다. 순례자를 위한 저녁 식사에 곁들여진 포도주를 아쉬운 듯 비운 다음 뒷짐 지고 마을 한 바퀴 돌아보다가 주먹만 한 별들이 콧잔등에 쏟아지면 숙소에 들어와 온갖 언어로 지껄여 대는 잠꼬대에 아랑곳하지 않고 잠들었다.

그런 걷는 자에게 아주 드물게 어떤 울림이 전해져 오곤 했다. 꼭두새벽 짙은 코발트블루 색 길을 타고 이승을 떠나는 영혼들을 언뜻 본 듯했다. 생각지도 않게 아버지를 만나 뜨거운 눈물로 화해도 했다. 영글기 위해 늦가을 들판에 버티고 서 있는 거무칙칙한 해바라기에서 처절한 본능을 봤다. 짙은 밤, 폐허만 남은 기사단 성채에서 흥망 성쇠의 부질없음을 봤다.

걷는 자는 온종일 아무 생각 없이 걸었다. 마주 오는 사람이나 앞질러 가는 이에게 "부엔 카미노." 한마디 하면 그것으로 족했다. 말 만들어 내는 세상에서 말을 듣지 않아 좋았고, 하지 않아도 돼서 좋았다. 지쳐서 다리가 무거워지면 성당에 들러 장의자에 앉아 말없이 십자가를 바라보기만 하다 나오면 됐다. 피레네산맥을 넘어 이베리아반도를 횡단하는 침묵의 터널 800킬로미터를 그렇게 걸었다.

걷는 자는 걸을수록 평화롭고 자유로워졌다. 목적지인 산티아고 성당 광장에 도착하자 "감사합니다"라는 말이 절로 터져 나왔다.

감사합니다. 감사합니다. 감사합니다. 감사합니다.

어느새 걷는 자는 순례자가 되어 있었다.